僕は発達凸凹《でこぼこ》の大学生

──「発達障害」を超えて──

著

山田隆一

協力

今村明

星和書店

この物語は、著者の体験をもとにしたフィクションの自伝的小説です。
基本的に実話をもとにしているものの、一部創作が含まれます。

目次

プロローグ
なぜ、僕のような学生が講演者に選ばれたのか？

「この寒い季節は、いつまで続くのだろう」

僕は、冬の寒さに凍えながら、バスを待っている。今日は、僕が通う長崎大学で自身の体験を講演することになっている。

僕は、発達症（発達障害）の分類の一つである、自閉スペクトラム症（ASD）の大学生だ。精神医学の専門家ではないので躊躇《ちゅうちょ》したのだけれど、当事者ならではの体験を是非話してほしい、という大学側の要望をうけて、講演をする機会をいただいたのだ。

どうやら、当事者ならではの世界観に関心が集まっているらしい。

僕は得意なことと苦手なことの差が極端である。僕は得意なことを凸《でこ》、苦手なことを凹《ぼこ》と呼んでいる。

例えば僕は、コミュニケーション能力や社会性に問題があり、有意義な友人関係を上手に築くことができない。会議やグループディスカッションなどの、複数人で行う作業では、会話についていくことができず、何も発言できないことがよくある。この社会的コミュニケーションの問題で、僕はこれまで人間関係に大いに苦労した。また周りの些細《ささい》な物音にも敏感に反応してしまい、雑音があるとうまく集中できない。他の人と違って、自分に必要のない情報をうまく遮断できる機能が備わっていないらしい。また、僕は背が高いが、その割にはスポーツが大の苦手だ。体育の授業は、苦行だった。集団で行うスポーツでは、何度周りに迷惑をかけたかわからない。

その一方、個人作業であるレポート作成や一人で行うプレゼンテーションでは、非常に高い集中力を発揮し、その出来に周りからの定評をいただいている。好奇心が旺盛で、興味のあることは自分で調べて知識が習得でき、自主的に学習を進められる。語学の才能も周りから認められており、英語で不自由することはなくなった。その他の外国語にも関心があり、勉強中である。

苦手なことにより、なぜ自分は周りと同じように行動できないのか、と腹立たしくなってしまったことも何度もある。精神的に落ち込んでしまったことも、数えきれない。その反面、得意なことを伸ばすことにより自信をつけて、今は苦手なことでくよくよ悩むことはほとんどなくなった。このようなポジティブ思考を身につけたことも、講演者として僕が選ばれたことの理由の一つだと思われる。

自閉スペクトラム症当事者は、社会にうまく馴染《なじ》むことができず生きづらさを抱えているため、周りにネガティブな印象を抱く方が多い。だが、その極端に得意なことを活かせば、社会をより良いものにできるイノベーションを起こす可能性を秘めている人物が中にはいるかもしれない。講演会では、そのような自閉スペクトラム症当事者の一例として、僕の個人的な体験を話すつもりだ。一例、というのは、同じ自閉スペクトラム症の診断を受けた者でも、どのような個性を持つかは人それぞれ違うからである。

例えば、僕ほどにはコミュニケーションや人づきあいに問題を抱えていない方から、かつての古典的自閉症に分類されるような、重度の症状により僕よりも問題を抱えている方まで、十人十色である。自閉スペクトラム症の「スペクトラム」とは、「連続体」という意味である。症状が連続体のように連なっており、人それぞれ症状は異なる、ということを意味しているのだろう、と僕は考える。

……おっと、講演前にもかかわらず、また考え事が始まってしまった。僕は考え事が好きな性格で、寝る前にも考え事をしてしまい、眠りにつくまで時間がかかってしまうことも常である。

こんなに寒いのに、バスが来るまで、まだまだ時間がかかりそうだ。これまでの大学生活を振り返りつつ、講演会で話すことのイメージトレーニングをしよう。まずは大学に入るまでのことを思い出そう……。

第一章　僕は、周りと何か違う

バスがまだまだ来るのに時間がかかりそうなので、僕は幼い頃の記憶に思いをはせてみた。

といっても、幼い頃の記憶は今は少しだけしか思い出せない。

僕は、大学に入ってから自信をつけていき、おかげで現在はポジティブな考え方なのだけれど、大学に入るまでの時代は、辛《つら》い経験の連続だった。それゆえに、今でも幼い頃のことを深く思い出そうとすると、頭が痛くなってしまう。将来何をするかが定まっていない今、幼い頃の経験を掘り返して辛い思いをすると精神的に病んでしまう恐れがある。

しかし、診断を受けた経緯など、講演会をするとなると、語らなければならないことがある。だから少しだけ思い出してみよう……。

長崎で生まれた僕は、幼い頃から協調性がないと言われ、幼稚園でも、小学校でも、クラスの雰囲気にうまく溶け込むことができなかった。

＊＊＊

幼い頃の記憶

休み時間は、一人で行動することが多く、小学校の校舎内を目的もなく歩き回っていたことが記憶に残っている。遊び相手を見つけるのに困難を伴っていたのだ。決して周りの人々を避けているわけではなかった。しかし、極度の人見知りで引っ込み思案だった性格もあり、うまく話しかけることができなかった。

このころの僕は、恥ずかしくて人の名前を呼ぶことすら気軽にできなかった。人の名前すら呼べないのであれば、人づきあいに困難を伴ってしまう可能性は高まる。また、自己開示も苦手だった。自分が何が好きなのか、何を考えているのかをうまく話すことができなかった。極度の恥ずかしさを覚えていたのである。

理解のある担任の先生との出会い

あれは小学五年生の頃だった。一年生の頃から学級に馴染むことができなかった僕を、これまで同学年ながらも他学級の担任だった先生が、五年生で僕の学級の担任となり、それ以来気にかけてくれているように思えた。僕の両親より少し年上くらいだと思われる、男性の先生だ。

この先生は、四年生のときの担任の先生から学級に馴染むことができていない僕の話を聞いたことで興味を持ち、僕を担任として受け持つことに名乗りを上げたのかもしれない。

幼い頃の話なので鮮明には覚えていないが、優しい笑顔の先生だった。

ある日、この担任の先生が、小学校内の別室に行くよう僕に言った。

「友達づくりの先生と、お話《はなし》しよう!」

僕が学級内で孤立していることを危惧《きぐ》したのか、大学の「友達づくり」の先生を呼んでくれていたのだ。僕のような学級に馴染めない児童を支援している先生のようだ。友達づくり、とはなんだろう、と不思議に思いながらも、僕は別室に移動した。その別室にて、人づきあいに関する話をしたものと思われる。今考えれば、この先生は「巡回相談」として教育委員会から派遣された先生だった。

この流れで、僕はＡＳＤの診断を受けることになる。小学五年生の頃に、担任の先生がこの方でなければ、僕と母は、僕が学校に馴染むことができない理由に思い悩み、より辛い思いをしていたかもしれない。

この出会いに対する感謝の念が、今でも湧き起こってくる。

自閉スペクトラム症の診断を受ける

その数日後、僕は母に連れられて、小児科の病院に行った。その中でも、人づきあいに関する質問をされ、面談した記憶がうっすらある。どうやら、この病院は発達症に関する専門機関だったようだ。このころに、僕は自閉スペクトラム症（ＡＳＤ）の診断を受けた。自閉スペクトラム症は比較的新しい診断名である。当時はアスペルガー症候群という診断名で呼ばれていたようだ。このことは、母から少しだけ話を聞いたものの、アスペルガー症候群という言葉を聞いてもピンと来ず、当時プレイしていたテレビゲームに似たような名前のキャラクターが出てきたな、と思った程度だった（ちなみに、アスペルガー症候群という名前は、オーストリアの小児科医であるハンス・アスペルガーの名前に由来している）。

僕の母は、この時期に、発達症に関する本を読み、講演会に足を運ぶなど、勉強熱心だったようだ。現在も、子どものことを理解して、困ったことがあれば手助けをしてくれる母には感謝してもしきれない。母の理解があったからこそ、今の僕がある、と言っても過言ではないほどである。

発達症は生まれつきで、親の育て方次第でどうにかなる分野ではないが、きちんとした大人に育てるためには保護者の理解が大切だ、ということを、僕は身をもって体験した。

このような経緯で自閉スペクトラム症の診断を受けたものの、それによって人づきあいが劇的に良くなった、というわけではなかった。コミュニケーションは苦手なままで、学級でも浮いた存在なのは変わりなかった。

体育の授業との闘い

僕の小中高時代は、体育の授業との闘いの歴史でもあった。協調性があまりにもないうえに、スポーツが極端に苦手なため、体育の授業を楽しいと思ったことは一度もない。ここでは、いくつかのエピソードを紹介する。

まず最初に、マラソン大会――これは小学校時代は毎年のように開催されていた。走り続ける持久力がなかった僕は、毎回最後尾有力候補だった。しかしこれは個人競技であるため、最後尾は恥ずかしかったものの それほど苦にはならなかった。

次に、長縄大会――これは確か小中学校で毎年開かれていた。八の字跳びと呼ばれる、皆が次から次に縄の中に入って跳ぶ競技だった。ほとんどの人々が早いタイミングで縄の中に入り、難なく跳ぶことができるなか、僕は完全に足手まといになってしまった。理由はいうまでもなく、運動が苦手すぎるうえに協調性がないためだ。周りのスピードに合わせてうまく跳べないのだ。

その結果、僕がいたクラスが優勝したことは一度もなかった。僕が優勝の妨げになってしまったことは間違いない。男女四十人ほどのクラスのなかで、うまく跳べない人は毎年数名いたが、そのなかでも特に跳べなかったのが僕だ。マラソン大会とは違って団体競技である長縄大会では、周りに迷惑をかけてしまう自分を責めてしまうことがあった。しかし、極度の人見知りでその申し訳なさを表現することができず、周りから見ると無表情で何も考えていないように見えたかもしれない。

そして、強歩大会――高校時代には、この行事があった。これは競歩とは違い、途中で立ち止まってもよいが、時間をかけて長距離を歩ききるという行事だ。この行事は班で行われたので、班の他のメンバーが速く歩きたいのに、僕が足を引っ張ってしまう、ということになってしまった。結果的に歩ききることができたが、大幅に時間がかかってしまい、他のメンバーに対して申し訳ない気持ちでいっぱいだった。

他にもエピソードを挙げると枚挙にいとまがない。それほど、僕にとって体育の授業は苦痛だったのだ。

もちろん、健康づくりのために運動をすることは大事である。しかし、僕のように極端に運動が苦手なうえに、協調性がなく他人の行動に合わせることができない人間にとっては、体育には大きな苦難を伴う。このような児童や生徒に対しては、例えば集団で行う球技などに参加することが困難である場合には、特別にランニングなどをマイペースにさせるなど、新たな選択肢を設けることがあってもよいのではないか、と僕は考える。

武器になる語学との出会い

僕は、幼い頃に二つの習い事をしていた。この二つが、得意なことと苦手なことにきれいに分かれ、僕の特性を示すよい例となった。

一つ目は水泳である。前述のとおり、僕が運動が極端に苦手だということは、水泳にも顕著に表れた。少なくとも三年ほどは通っていたと思うが、ビート板なしで泳げるようにはならなかった。つまり、カナヅチだ。僕は体が大きいから、なんて大きなカナヅチだろうかと思ってしまう。周りの子どもは、習い事に行かずとも学校の授業だけで泳ぎを習得する者もいる。とても水泳の習い事をしていると言うことはできなかった。

二つ目は、英語である。幼い頃に英語と出会っていたことが、今の語学力につながることに一役買ったのだ。幼い頃に英語の音を耳に慣らしておくことは、おそらく有効である。小学三年生あたりまで通っていたので、中学や高校で習うような単語や文法ではなく、感覚的に英語に慣れるような学習だった。

僕としては、まずは母語である日本語を重視したほうがよいとは思うけれども、僕が通った英語教室は小学校の国語の授業のような本格的なものではなく、負担のかかるものではなかった。つまり、日本語を重視しながらも、少し英語に触れた具合だ。

幼い頃の英語教室で楽しく英語に触れるきっかけを持ったことは、良い経験だった。真剣な勉強としてではなく英語への抵抗感をなくすという目的であれば、有効だろう。

英語の習い事をしていたことが功を奏し、中学や高校の英語の成績は良いほうであり、大学ではＥＳＳ（英語研究会）に所属し、さらに才能を開花させることになった。

ちなみに、僕にとっては中学や高校で習う受験英語はそれほど相性が良いものではなかった。緊張感があるクラスの中で、英語を母語として話すネイティブスピーカーの方々のように発音をしてみると、珍しい目で見られる。カタカナ英語が学級内公用語である。それっぽく発音をすると、周りがざわざわしてしまうため、僕も控えめに発音せざるを得なかった。

大学に入ってからの授業は会話に重点が置かれるものが多くなり、周りの学生に発音に敏感な態度をとられることは少なくなったように思う。

幼い頃に英語を習っていたおかげで、のちに留学するチャンスを得ることができ、さらに見聞を広めることができたことは有意義な体験となるが、それはまたあとの話だ。

このように、二つの習い事は、得意と苦手がそれぞれはっきりすることになった。未だにカナヅチなこと（凹）を悲観せず、語学力（凸）を武器、すなわち強みにしてこれからを生きていきたい。

幼い頃から好奇心旺盛だった

僕は、クラスに馴染めなかったため休み時間が暇でしょうがなかった。話し相手がいなかったのだ。教室に居心地の悪さを感じ、一人で校舎内を歩き回ったことがよくあった。しかし、それだけでは疲れてしまうので、教室内で自分の机に座り、国語や理科、社会などの資料集に目を通すことがよくあった。

思えば、幼い頃から「あれ、なぁに？」「これ、なぁに？」「なんで？」など、好奇心旺盛なことを思わせる質問を多く親にしていたようだ。そしてその好奇心は日に日に強まっていき、現在は些細なことでもすぐ調べてその知識をものにする姿勢が身についている。

あるとき、その資料集を読んでいたことが活きた出来事があった。確か、社会科の歴史の授業だったと思う。ある定期試験で、クラスで僕だけが正解した問題があった。実力テストのようなもので、必ずしも授業で取り扱ったものが問題として出るものではなかった。おそらく、普段から資料集に目を通していたため、それが記憶に残っていて、正解できたのだろう。

ちなみに、運動が苦手なため校舎外の運動場で遊ぶ、ということは滅多になかった。あるとすれば、昼休みにクラスの運動委員が計画した、クラス全員参加のかくれんぼや鬼ごっこなどの時だった。僕は、それをうまく楽しむことができなかった。運動能力と協調性の二つがあまりにも乏しいというのは、かなりのハンデを負っていることになる。

このような苦いエピソードがありながらも、このころ休み時間に資料集などを読んでいた経験は、現在の好奇心の強さにつながったことの一因となっているに違いないので、休み時間は僕にとって有効なものだったかもしれない。

修学旅行

学級に馴染めなかった、ということは、ほとんどの学校行事を楽しめなかった、ということになる。文化祭や体育祭はもちろんのことだが、特に楽しめなかったのは、修学旅行だ。学校で友人をうまく作れなかったため、家族以外と旅行に行くことに強い抵抗があった。修学旅行にまつわるエピソードをいくつか紹介しよう。

まずは、小学校の修学旅行である。行き先は福岡県だった。地元長崎から高速バスで佐賀県を経由して、太宰府や博多、そして北九州に行った記憶がある。

その中で印象に残っているのは、ホテルの大浴場に行く時だ。班で行動するようになっていたが、班の群れから、はぐれてしまった。班の案内役が館内の地図を持っているため、どこに大浴場があるのかわからない。広いホテルの中でひとりぼっちである。どうすればよいかわからず、パニックになりそうだった。涙目になりながら、僕は受付に向かった。すると、受付の職員が丁寧に場所を教えてくれて、無事に大浴場に到着したのだ。このように、集団行動が大の苦手で、マイペースに行動してしまい、班行動では、はぐれてしまう恐れがあるのだ。

中学校の修学旅行の行き先は、関西だった。僕は、小学校の頃に比べて学級内で浮いてしまっている自分を自覚していたため、ついに「行きたくない!」と叫んでしまった。一人で過ごすことに慣れてしまった僕は、常に集団行動が求められる修学旅行への抵抗感を抑えきれなかったのだ。仮に、仲の良い友人がいるのであればその抵抗感も薄れるのだろうが、学級内に居場所がなかったため、それほど仲良くなれていない人たちとずっと行動しなければならないことに恐怖を覚えたのだ。

ついに、当日の朝、学校に集合することができなかった。それでも、学校の説得があり、母に空港まで送ってもらい、修学旅行に行くことになった。案の定、楽しめなかった修学旅行で、ネガティブな意味で特に印象に残っているのは、某テーマパークである。僕は、周りからの刺激に敏感であり、ジェットコースターやお化け屋敷などの、テーマパークにあるアトラクションを楽しむことができないのだ。

ジェットコースターなどの乗り物に乗る系統のアトラクションは、乗ってみないとその刺激の強さがわからないため、そもそも乗ることを躊躇した。お化け屋敷など、建物の中に入るものも、刺激の強さがわからないため躊躇した。班のメンバーがアトラクションを楽しむなか、僕は一つも楽しむことができなかった。

そもそも、このようなテーマパーク自体が、僕にとって相性の良い場所ではないのである。僕は、人が多く賑やかな場所を避ける傾向にある。ずっと人混みの中にいると、具合が悪くなってくるのだ。

このように、なかにはテーマパークなどをうまく楽しめない生徒もいるのである。「全ての人が好むものは存在しない」という命題を考える必要があるものと思われる。「なかには苦手な人もいる」と柔軟に考える姿勢が求められる。

したがって、当時の僕のような生徒に対しても、義務的に修学旅行への参加を求めることは、考えものである。修学旅行よりも、代わりに別の課題をやったほうがマシ、とさえ思える生徒も、なかにはいるのだ。

ちなみに、高校時代は、保健室登校や不登校により、修学旅行に行くことはなかった。今思えば、行かなくて良かったとすら思える。思い返せば、高校時代が特に辛い時代だった。これから先は高校生活について振り返ってみる。

課題に追われた高校時代

小中学校と、成績が悪いほうではなかった僕は、地元の進学校と呼ばれうる高校に進学した。

高校入試では、初めての面接試験を経験した。面接は、僕が大の苦手とするものである。さらに、この時の面接は、集団面接だった。個人面接であれば比較的対応できるが、集団面接では、他の生徒の意見も参考にして発言しなければならない。

僕がこの面接で印象に残っているのは、自己PRについての質問だ。自信を失ってしまっていたこの時期に、僕がアピールできることといっても、思いつかなかった。友達がいないうえに部活動にも所属しておらず、家と学校を行き来する生活だったからだ。

ここで僕が答えたことは、「身長の高さ」だった。あまりにも珍回答だったのか、面接官は困惑気味な顔。緊張していたのであまり覚えていないのだけれども、他の生徒の失笑を買ったかもしれない。そしてのちに、この時の面接での僕の発言が、僕を語るうえでの語り草になったようである。このような的外れな発言は、今でもしてしまうことがある。何を発言すればいいか想像することがうまくできないのだ。

高校では、授業に関する山のような課題が毎日のように出され、生徒たちはそれに追われる生活だった。僕は、自ら学ぶ姿勢がこのころは身についていなかったが、出された課題は期限内にしっかりこなしていた。

受け身で課題をこなす毎日だったが、確実に学力は身についていった。その証拠として、一年生の頃には通常クラスだったのが、二年生になると成績上位クラスにランクアップしたのだ。

しかし、定期試験の結果が飛び抜けて良かったか、というとそうではない。テスト勉強を自分から行う姿勢が身についていなかったからだ。出された課題をこなすものの、それに加えて自分から学んだわけではない。このような僕がなぜ成績上位クラスに格上げとなったかというと、模擬試験が大いに関連していると思われる。

学内のみが対象の定期試験は、狭い試験範囲が指定されている。つまり、生徒たちはその範囲内を集中的に勉強すれば、短期的な勉強でもそれなりの点数を取ることができる。これに対し、全国や都道府県などで幅広く実施される模擬試験は、そのようにはいかない。試験で出題される範囲が広いため、短期的な対策では対応できない場合が多い。

僕は、短期的な学習には弱いものの（凹）、このような長期的な学習には強いようだ（凸）。定期試験が終わったあと、皆が忘れてしまうような内容も、時間が経っても覚えている場合が多い。したがって、僕はあることを覚えるまでに時間がかかることがある反面、一度しっかり覚えたことを忘れにくい傾向にあるのではないか、と自己分析している。

クラスに馴染めず辛い経験が多かった高校時代だが、今になって学力面を思い返すと、このような分析ができるのである。

不登校に

高校二年生になり、成績上位クラスになったうえに翌年度には大学受験をひかえ、クラスの雰囲気に、一年生の頃よりピリピリしたものを僕は感じていた。その雰囲気のなか、文化祭や体育祭が行われる秋の時期にさしかかった。人づきあいがより大事になってくる行事に、僕は頭を抱えていた。結果的に、この二つの行事は辛いものとなってしまった。

文化祭では、クラス内の意思伝達がうまくいかず、トラブルになってしまった。よりクラスでの孤立感を抱えることになった。

体育祭では、前述のとおり運動が大の苦手なため、より苦痛を強いられた。背が高く、体が大きいため、組体操のピラミッドでは一番下の段を担当することを強いられる。体力的に耐えられず、うまくピラミッドを作ることができなかった。この時期には既に学校を休みがちになっていた。

ある日、久しぶりに登校し、組体操に挑戦しようと、ピラミッドのグループのもとを訪れると、運動部に所属する体格の良い生徒が、僕にこう言い放った。僕を悪意をもっていじったり、仲間外れにしたりした生徒たちのうちの一人だ。

「なに休んどるとか、迷惑ばかけんな！（なにを休んでいるんだ、迷惑をかけるな！）」

僕は勇気を出して久しぶりに登校したにもかかわらず、怒鳴られてしまった。思わず泣き出してしまい、組体操どころではなくなってしまった。それまでのことに加えて、今回の事件がショックで、これ以降、教室に行くことが一切できなくなってしまった。

他にも辛いエピソードはあるのだが、この時期のことを思い出すだけで心が痛いため、今は深く掘り下げることはできない。

保健室登校

あまりにも不登校が長く続くと、留年してしまう。それを防ぐべく、出席日数を確保するために、保健室登校が始まった。

クラス内であまりにも辛い経験があったことで、課題をこなすこともできず、学力は急降下した。高校内で上手に友達を作ることができなかった僕がなぜ高校に行き続けたかというと、とにかく大学に進学するためには登校を続けなければならない、という思いがあったからだ。しかし、この時期はあまりにもショックが大きく、学ぶ意欲が奪われてしまっていた。

辛いエピソードは思い出したくないのだが、保健室登校というと、嫌でもあるエピソードが頭をよぎる。

僕は、いつものようにクラスメイトと出くわすことを避けて、下足箱に行こうとしていた。すると、下足箱には先述の僕を怒鳴りつけた運動部の生徒とその友人たちがいたのである。下足箱に行って彼らと出くわすのは嫌だ、ということで僕は遠くの位置でやり過ごそうとしていた。

「ハハハ、あいつあがんとこで待っとるばい！（ハハハ、あいつあんなところで待っているぞ！）」

　僕にも聞こえるような大声で、僕を挑発するようなことを叫ばれた。その後、彼らは教室へ向かったので、僕は下足箱に向かい校内用シューズに履き替え、保健室に向かった。保健室に到着すると、涙が流れてきた。このような現状が悔しかった。

　この事件は、まるで僕に教室内に居場所がなかったことを象徴するような事件だった。

通信制高校へ

　保健室登校により出席日数は満たされたが、個々の授業の単位数が足りないため、留年が決まった。一年生の頃に比べて学力が上のクラスになり、受験に向けて突き進んでいこうとしていたなかでのことだった。クラス内での人間関係の問題により、教室内に居場所がなくなり学びの機会が奪われ、このような結果となってしまった。

　留年が決まり、三年間では高校を卒業できない。とはいえ、三年生になった同学年の下の学年で学ぶことには、抵抗感がある。大いに思い悩んだ。

　このような生徒のために、通信制高校という選択肢があることを当時の担任の先生に知らされた。このころの僕は学力至上主義とも称される偏った考えを持っていた。進学校の中にいると自然にそのような考えとなってしまいがちなのかもしれない。定期試験や模擬試験の順位がわかり、競争意識が生まれるからだ。さらに、僕はうまく友達が作れず、学校に行く目的は文字通り学ぶためだった。学校は友人を作るところではなく、勉強をするところ、というイメージが刷り込まれてしまっては、このような考えになるのもしょうがないのかもしれない。学力至上主義に支配されていた僕は、偏差値が大幅に下がる高校に行くことに強い抵抗感があった。しかし、通信制高校に転入すれば、必要単位数が少なくなるため三年間で卒業することが可能、とのことだった。

大いに悩んだ結果、通信制高校に行くことを決意し、願書を提出した。結果的にこの進学校を去ることになってしまったのだけれど、先生も生徒も勉強に精一杯で、僕のような学校に馴染めない生徒に対する配慮が欠けているように感じた。学業面でのサポートももちろん大事だが、当時の僕のように教室内で居場所を見つけることができない生徒に対するサポートも疎かにしてはならない。特に二年生の頃は、一年生の頃に比べて学業面でピリピリした雰囲気になっていて、僕のようにクラスに馴染めない生徒にとってはなおさら居心地の悪い雰囲気だった。おそらく三年生になると、受験を控えさらに緊迫した教室内になっていたことが容易に想像できる。

当時の僕のメンタルでは、高三の皆が焦っている雰囲気を耐えきれたとは思わない。したがって、高二までは進学校で学び、高三を通信制高校で過ごした僕の高校生活は、これで良かったのではないかと思えてくる。もし高三も進学校に引き続き在籍していたら、ということを考

える と、身の毛もよだつ思いだ。

相性が良くなかった進学校に在籍したことは失敗だったかもしれないが、ここでの経験がないと知り得なかったこともあると思われるので、辛いことだらけだったが、ここでの経験を否定はしない。

発達障害者支援センターを訪れる

不登校だった時期に、発達障害者支援センターを訪れた。これは、僕が自閉スペクトラム症（当時の呼称はアスペルガー症候群）であることを母が学校側に伝えたら、紹介されたらしい。発達障害者支援センターは、全国各地にあり、文字通り発達症当事者への支援を行っている。僕は地元にあるセンターにて、複数回面談を受けた。進路相談や、ＩＱ検査などが行われた。思い返せば、小学生の頃に診断を受けた際も、似たような検査を受けた記憶がうっすらと蘇ってくる。どちらの検査でも、面談に加えて、一般常識や数字を使った問題を解いた記憶がある。

通信制高校に行くべきか、という話は、ここでもした記憶がある。職員の方によると、僕のように不登校になってしまった生徒は、通信制高校に行く生徒と、高等学校卒業程度認定試験（高卒認定試験）を受験する生徒に分かれるという。高卒認定試験は、かつて大学入学資格検定（大検）だったものである。二つの選択肢のうちどちらを選ぶか迷ったが、僕は通信制高校に行くことを選択した。新たな高校での出会いに期待したのだ。また、発達障害者支援センターで、長崎大学病院で発達症（発達障害）を研究している精神科の今村明先生を紹介された。今村先生のもとには、現在も定期的に訪れて、生活するにあたって生じる問題についてのアドバイスをいただいている。今村先生は上から目線で発言することは決してなく、患者目線の謙虚な視点からのアドバイスには、日々助けられている。

保護者の方々で、もし周りの子どもと比べて自身の子どもに対して違和感を抱くことがあり、その違和感の原因がわからず思い悩むことがあれば、もしかするとそれは発達症によるものかもしれない。少しでも心当たりがあるのであれば、発達障害者支援センターなどの専門機関や、発達症について理解のある精神科医のもとを訪れることが、選択肢の一つとしてありうる。

通信制高校での多様な生徒たち

通信制高校に転入して、僕は大きな衝撃を受けた。それまでと違い、年齢や経歴があまりにも幅広い生徒たちが在籍していたのである。僕が在籍した転入者・編入者用のクラスにも、十代から四十代までの生徒が在籍しており、他のクラスには七十代の生徒も在籍していた。

卒業式の際、この七十代の男性の生徒がスピーチをした。

「私は、中学を出てすぐ働き始めて、のちに結婚をして家庭を持ちました。子どもたちはすくすく育ち、孫もできました。そんななか、若かった頃なりたくてもなれなかった高校生への憧れを思い出しました。子どもたちも自立し、老後で時間に余裕があるので、娘に背中を押され、齢《よわい》七十にして高校に通うことを決意しました」

当時は、今ほど人の気持ちがわからず、感動して泣く、という経験はなかったのだが、それでもこのスピーチは印象深く記憶に残っている。

「こんな老いぼれが若い子ばかりいる中にいて申し訳ない、と思っていました。ですがそんな私にも周りの生徒たちは親切にしてくださり、時には一緒に試験勉強をしました。まるで若い頃の青春が蘇ってくる想いでした。こんな私でも、皆さんのおかげで卒業を迎えることができました。これには六年前に天国へと旅立った妻もびっくりしていることでしょう。本当に、本当に、ありがとうございました！」

スピーチが終わり、拍手は長時間鳴りやまなかった。当時の僕は涙を流すことはなかったのだが、今になれば、こうやって思い出すだけでも目頭が熱くなるスピーチだ。前の高校にずっといたら、高校生は十代だけ、というイメージが根付いていたかもしれない。しかし、定時制や通信制の高校を中心に、幅広い年齢の生徒が在籍していることがあるのである。当たり前と思える事実だが、実際に通信制高校に通うことで、このことを強く認識できた。

また、僕と同じように不登校を経験した生徒など、様々な経歴を抱えた生徒たちの話を聞くことは、興味深かった。高校生いろいろ、である。十五、十六、十七と暗かった僕の人生だが、通信制高校を卒業した十八のこの時、進学校にいた頃に比べて心が軽くなったのを感じたのだった。

独学を始める

通信制高校は、以前にいた進学校とは違い、進学に特に力を入れているわけではないので、大学進学を視野に勉強をするには、自分で参考書を買うなどして学ぶ必要があった。しかし、人づきあいが苦手なことに加え、僕のような国公立大学志望という生徒は周りにはおらず、情報交換などがうまくできなかった。レポート課題などの通信制高校のカリキュラムをこなすなかで、どうしても満足感が生まれてしまい、それ以上の受験勉強を行うやる気が生まれなかった。その結果、進学校時代と比べてガタ落ちした成績で臨んだ一度目の大学受験の結果は、散々なものだった。まだまだ、独学を行う素養が身についていなかったように思える。

通信制高校卒業後も、引き続き参考書や映像授業などを駆使して、独学で受験勉強をした。いわゆる浪人生活を始めたことになる。大きな予備校に通わなかった理由としては、進学校時代に嫌な思い出があった同級生と再会するかもしれないことを恐れたからだった。それにしても、「浪人」という言葉は、元々は一部の武士を指した言葉であったため、響きが良い。ポジティブな印象を与える言葉なので、気に入っている。武士道精神で再び受験に臨むことを喚起させてくれるようである。過年度生に対してこのような言い回しを考案した人には、賛辞を送りたい。

浪人時代は、もう高校生ではない、というプレッシャーもあり、高三の頃に比べると独学の素養が身についていったように思える。参考書を読み、映像授業を受講し、時には問題集に挑戦する。これを繰り返した。勉強をしっかり続けていくことで、成績は順調に上がってきた。特に、日本史や公民、地学などの暗記することが多い科目に関しては、熱心に取り組めた記憶がある。英語も、幼い頃に習い事に行っていたおかげで、スムーズに勉強することができた。音声教材を用いて、英語を聴きながら声に出して音読することを心がけた。この勉強法もあり、受験英語との相性はそれほど良くなかったのだが、ある程度のレベルまで上達することができた。

浪人期間を通して、授業やそれに応じて出される課題を使って受動的に勉強するのではなく、自分から能動的に独学する姿勢が身についていった。この時の経験は、大学入学後に間違いなく活きた。

忘れられない一言

しかし、この時期に問題となったのは、あまりにも人と出会わないことである。一緒に勉強できる仲間もおらず、強い孤独感に支配されていた。高校時代は、親しい仲になれずとも、授業中には教室内に勉強仲間がいたわけである。浪人期間中には、それがなかった。通院している長崎大学病院の今村先生にそのことを打ち明けると、社会にうまく馴染むことができていない人々のコミュニティを紹介された。

そのコミュニティを訪問してみると、社会と関わることに困難を抱える人々がいた。しかし、僕はここでもうまく親交を深めることはできなかった。コミュニティの部屋内だけでなく、時には飲食店やカラオケ、散歩などに行った。しかし、お互い人づきあいをうまくしたい、という気持ちはあるのだけれども、それを実行するのが難しいのだ。このコミュニティでも、うまく馴染むことができなかった。

さらに、受験に向けて勉強に本腰を入れなければならない時期になってきたので、その旨をコミュニティを主宰する支援者の女性に申し出た。

「そろそろ受験勉強が忙しくなるため、こちらにお邪魔するのは控えさせていただきます」

すると、支援者の女性は、忘れられない一言を口にした。

「そうやってまた、逃げるのね」

この一言には心底驚いた。僕がいつ、逃げただろうか。第一、僕は完全な引きこもりではなく、大学進学へ向けて駒を進めている。その将来のため、時間を確保したくて申し出たのに、応援する一言を言えないのか。

「逃げてなんかないですよ！」

僕は、怒りのあまりこう叫んで、その場から立ち去った。

支援者の中にも様々な人がいる。この支援者の女性も、あえて苦言を呈することで、僕に社会と向き合う姿勢を持ってほしいと、ご本人なりに考えられたのかもしれない。もしそうだったとしても、このときのこの言葉は逆効果でしかなかった。

支援者の何気ない一言が、当事者をひどく傷つけてしまうことがある。支援者の方々はそのことを十分理解して、支援にあたっていただきたいと思う。

無事に大学進学へ

このコミュニティでは、えらい目に遭ってしまった。しかし、この怒りをやる気に変えて、引き続き受験勉強に取り組んだ。そして僕は、二度目のセンター試験を受験した。前年に受験した際は、対策が不十分で、散々な結果だったが、今回はある程度の結果を出すことができた。

それにしても、速く問題を解くことが要求されるセンター試験の国語や数学は、じっくり時間をかけて問題を解くのが好きな僕にとってはかなり不向きだ。国語の試験、特に現代文の問題は国語力というよりも速読が絡んでくる情報処理能力を問う試験、とすら思えた。なにより、曖昧に解答しても正解することがあるマークシート方式の試験は、僕とは相性が良いものではない。

もちろん、その方式自体を否定はしない。しかし、僕は答えが一定ではない問いを論述する小論文などの問題が大好きなのだ。僕はそのような形式のほうが、相対的に良い成績であることが多々ある。

センター試験である程度の結果を出し、二次試験も手応えがあった。あとは合否の結果を待つのみだ。今の時代は、わざわざ大学に受験番号を見に行かずとも、インターネット上で合否を確認できる。便利な時代である。僕はパソコンを開き、大学のホームページにアクセスした。

僕の受験番号は、五八〇七であった。

「五八〇七、五八〇七……」

番号を探し始めて約二十秒、僕は大きな解放感に包まれた。そう、画面にはしっかり、五八〇七の数字が表示されていたのだ。晴れて大学進学が決まり、安堵した。家族も、おめでとうと言ってくれた。

こうして僕は、地元の国立大学である長崎大学に入学したのであった。これまでのうまく友人を作れなかったことによる孤独感を、大学生活における積極的な人間関係構築の力に変えていきたい。僕はそんないわゆる「大学デビュー」を頭の中でイメージしていた。

失敗しただけ、成長できる

前述のとおり、僕は十代、特に高校時代に失敗を経験した。ずっと進学校に在籍していれば、成績はさらに右上がりで上昇し、現役で別の大学に合格していたかもしれない。しかし、それが果たして良い道だったのかと考えると、今は疑問符がつく。進学校を追い出され、通信制高校に転入したことにより、年齢や経歴まで幅広い生徒を目《ま》の当たりにすることになり、広い視野で物事を捉えることができるようになったと思う。

もちろん、ずっと進学校に在籍できた人々にはその道があるのだから、それはそれで良いと思うのだけれども、僕は高校時代に経験した失敗が、貴重な財産になっていることを感じている。失敗など苦い経験をすることによって、悩んで考えることになり、それが成長をもたらすのだ。名だたる成功者たちも、実は幾度となく失敗を繰り返したうえで成功を手にした場合が多い。人間、誰にでも失敗はつきものなのだ。問題なのは、その失敗をどう取り扱うかだ。

失敗により、自分はダメな人間だと悲観的になり落ち込んでいくか、成長のチャンスだとそれを乗り越えてやる気になるかは、自分次第だ。僕も前者のように深く落ち込んでしまったことがある。この世から逃げ出したい、と思ってしまったことすらある。しかし、それではいけないと思い、孤独感と戦いながら受験勉強を乗り越え、大学に入学することができた。そのおかげで、大学入学前は暗いことが多かったものの、大学時代を通して自信をつけていき、なんと大学で講演をするまでになった。

「若い時の苦労は買ってでもせよ」という言葉がある。今の僕は、その言葉の意味を深く実感している。若い時の苦労や失敗は、将来における貴重な財産となりうるのである。したがって、僕は失敗することも、必ずしも悪いことではないと考えている。

＊＊＊

……大学入学までの経験で話すことは、これくらいにしておこう。今回の講演会は、大学生活に焦点を当てているものである。バスが来るまでもう少し時間がかかりそうだ。それにしても寒い。

こうして僕は、缶コーヒーを買いにバス停の近くにある自動販売機へ歩を進めるのだった。

第二章 大学という名の、未開の地を行く

僕は、自動販売機で買った缶コーヒーを飲みながら、バスを待っている。いつもは砂糖やミルクが入ったものを飲むのだが、今日はブラックコーヒーを選んだ。百円だった。この寒い季節に、温かい缶コーヒーは心身に沁みる。尾崎豊は自身の歌で熱い缶コーヒーを「百円玉で買えるぬくもり」という秀逸なフレーズで表現をした。現在は主に百三十円になってしまったものの、たまに百円で売っている自販機を見かけると思い出してしまうフレーズだ。

よく僕は、人生をコーヒーに例えて次のように考えることがある。僕は、普段は苦くないコーヒーを飲む。しかし、今日のように苦いブラックコーヒーが欲しくなる時がたまにある。これは人生には時には苦い経験が大事だという教訓につながるのではないか。

いつも甘えてばかりでは、人間的成長ができない。今日、これから行う講演会だって、そう

だ。今も緊張感でブルブル震えている。もちろん寒さも影響しているのだろうけれども、異常な震え具合だ。これを乗り越えてこそ、何か得るものがあり、成長につながるのだろう。

さて、バスはまだまだ来ないので、大学に入ってからのことを思い出してみよう……。

＊＊＊

こうして僕は、長崎大学で、主にビジネスについて学ぶことになった。

大学入学前までは、うまく友人を作ることができず、クラスで孤立してしまっていた。この頃の孤独感もあり、大学では積極的な人間関係の構築を目指していた。

新入生歓迎行事の参加は義務的なものと任意的なものがあったのだが、僕は両方に参加した。

新入生合宿にて

新入生歓迎行事の義務的なものとしては、新入生合宿があった。一泊二日の日程で、大学生活における心構えを教わり、有意義な学生生活を送るために考える時間をつくることを目的としていた。しかし、この合宿を通して、周りの学生に対して違和感を覚えてしまった。周りの学生と、話が噛《か》み合わないのだ。それもそのはず、それまでも学校に馴染めていなかったため、周りがどのような話題を好むかをうまく把握できていなかったのである。

さらに、僕の特性として、ゆっくり考える傾向にあり、周りの会話の速度が速すぎるように感じてしまい、会話についていけないのである。勇気を出して話しかけてみても、うまく会話が続かないことがよくあり、話しかけることが億劫《おっくう》になってしまう。やはり、有意義な友人関係を築くためには、一筋縄ではいかないことを悟った。

また、僕が思い描いていた大学生像とのギャップにも苦しんだ。日本の大学生は、最低でも十八歳になっており、ある程度大人である。それゆえに、少し難しい話題でもある程度の議論ができるものだと思っていた。しかし、周りの学生の話題といえば、趣味の話や、友人の恋の行方など、いわゆるお堅い話を避ける傾向にあったのである。

僕が真面目に自分たちの将来のことについて考えよう、という話をすると、周りはあまり受け付けない。そのような雰囲気を、全体的に感じた。もちろん、僕のようにお堅い話が好きな学生も少数ながら他にもいることだろう。だが、多くの学生は、それまでの受験勉強から解放されたことによる興奮状態もあり、深く考える必要があるお堅い話題を避ける傾向にある。僕は会話をするうえでは目的を求める。何か目的があっての会話であり、意思疎通なのである。目的がない会話になってしまうと、何を話せばよいかうまく想像することができず、黙り込んでしまう傾向にある。

今思い返せば、僕が雑談を苦手としていることが、周りの学生と仲を深めるうえでの問題点の一つだということがわかる。さらに、共通の話題を見つけるのが難しいということも問題点として挙げられるだろう。

入門ゼミ

新入生に対する試みの一環として、入門ゼミと呼ばれる、先生一人が十人程度の学生を受け持つ制度があった。これは三年生や四年生で卒業論文に向けて研究を進めていくゼミの一年生版、といった位置づけである。僕の大学では一年生の前期のみの開講であった。僕は、五十歳あたりだと思われる女性教授のもとで入門ゼミを履修することになった。教授の専門は、国際経営論。のちに受けたこの教授の講義では、多国籍企業や貿易などの話が出てきたことを記憶している。

プレゼンテーションでは、経営学について自らが興味があることについて各々が発表するということが行われた。僕は、日本国内で「経営の神様」と称される、松下電器産業（現在のパナソニック）の創業者である、松下幸之助の経営理念について調べて、発表をした。謙虚で素直な気持ちがにじみ出ている日本的な松下幸之助の経営理念は、現在も多くのビジネスパーソンに影響を与え続けている。もし松下幸之助が現代にいたとしたら、どうするかを考えると、興味深い。成功した経営者たちは、時代の波をとらえることが何といっても上手だという印象を感じるのだ。

プレゼンテーションの内容を詳しくレポートにまとめるように指示があり、それが入門ゼミの最終課題となった。個人作業であったプレゼンテーションやレポートには、没頭して取り組むことができた。このように集中して取り組めることは、強み（凸）である。しかし他の学生との関わりはやはり苦手（凹）であった。会話経験が圧倒的に不足していたこともあり、僕は口数が少なかった。ゼミのメンバーの皆で今後の活動内容について話し合う際も、複数名での会話が次々に飛び交う、その速度が速すぎて僕にはついていくことができなかった。その結果、ほとんど発言することができなかった。僕に質問がふられることもあるのだが、それに回答したとしても、その後の会話にうまくつなげることができないのだ。やはり個人作業は向いているが、集団作業には問題を抱えてしまう。

何より僕が苦手とするのは、女子学生との関わり方だ。恥ずかしながら、同性の友人を作ることにすら困難を覚えた僕なので、異性となるとなおさらどのように関わればいいかがわからない。あまり馴れ馴れしすぎるとセクハラになってしまうのではないか、など余計なことを考えすぎて、かなり消極的な態度でしか関わることができないのだ。恋人がいる異性とはある程度の仲までしか深まることはない。一線を越えてしまうとトラブルが起こってしまう、なども考えすぎるのだ。恋愛に興味がないわけではなかったのだが、恋人の有無を聞けるわけもなく、全ての女性に恋人がいるものだと仮定したほうが無難だと思い、女子学生とは特にうまく関われなかったのだ。女子学生に話しかけられた際も、挙動不審のような態度になってしまい、不自然な応答しかできない、というパターンに陥りがちだった。

他人の話や本、映画や音楽などの作品では触れることがあるものの、僕はまだ、恋愛とはどういうものか深く理解できていないものと思われる。

もちろんこの議論において、ＬＧＢＴ（性的少数者）の方々に関しては異なる視点で考えなければならない。男性は女性を愛し、女性は男性を愛すとは限らないのである。恥ずかしながらこの点について、僕は幼い頃は偏見を持っていた。大人になるにつれて、社会にはこのような方々がいることを理解したのだ。

発達症当事者と同じく、ＬＧＢＴの方々も見た目ではその傾向がわかりづらいことがあり、社会で生きづらさを抱える傾向にある。過去に比べて理解は進んできたものの、まだまだ偏見が根強い。より理解が進むことを願うばかりだ。

大学における講義

入門ゼミが始まった日の同日に、講義形式の授業が始まった。確か、ビジネスに関わる法律についての概論の授業だったろうか。約二百人を収容できる、大講義室での授業は、迫力がある。友達を作ることがうまくできていなかった僕は一人で講義室に向かった。

この最初の授業の細かい内容は覚えていないが、四十代くらいの男性准教授によるものだった。講義プリントが配付され、それに沿ってパワーポイントによる講義が進んでいく。僕は、集中しようと黙って先生の話を聴いていた。この調子で、様々な科目の授業が日々進んでいく。そのなかで、どうしても気になるのは、特に講義室の後ろの方で響く私語である。特別な理由があって私語をしてしまうのであれば仕方ないかもしれないが、他愛のないことを話しているようである。

先生たちも、このような私語をする学生に注意をしても無駄だと悟っており、私語を無視して授業が進んでいく。何度か先生がこのような学生に対して注意をする場面を目の当たりにしたが、注意をされた直後は私語がなくなるものの、時間が経つと再び騒がしくなる。非常に滑稽《こっけい》なのは、先生が試験に関する重要事項を話しだすと、私語はピタッとやむのだ。このことを把握したうえで、ある先生が、私語をする学生に対し、このように言い放った。

「今日は試験のことは喋《しゃべ》らないので、出ていきなさい！」

すると、私語をしていた学生たちは黙って教室を出ていったのだった。

おそらく、このような「私語問題」に対して頭を悩ませる学生や先生が多いことだろう。私語をする学生にとって、授業は退屈なものかもしれないけれども、いくら退屈でも私語により他人に迷惑をかけるのはよろしくない。

僕は余計な物音を遮断する能力に乏しい。周りの学生は私語が気になっても、それほど邪魔にはならないのかもしれないけれども、僕はどうしても気になってしまう。授業に支障が出るレベルではないのだが、気になってしまうのだ。他の自閉スペクトラム症当事者にも、そのような傾向にある方々が多くいるらしい。このような特性がある学生もいるということへの理解が広がっていくことを願っている。

サークル選び

大学では、積極的に人づきあいをしていくことを決意した。これは、課外活動においても例外ではない。中学・高校と部活動に所属していなかったが、大学では何らかのサークルに所属することを決めたのである。

新歓行事の一環で、サークル紹介の機会があった。僕は参加をし、様々なサークルの話を聞くことになった。候補を今の時点で一つに絞るのではなく、複数のサークルを見学し、そのうえでどれを続けるか決めよう、と考えた。それまでの部活動と違い、サークル活動はそれほど厳格なものではなく、比較的簡単に出入りができる。大きな講堂であったサークル紹介行事を終え、建物を出ると、ビラ配りが待ち構えていた。入学式の時に比べ、より気合が入っているように思えた。

ビラを貰《もら》ってから家に帰り、どのサークルを見学するかを考えた。次回の全サークル合同の新入生歓迎会までに目星をつけておかなければならない。

僕は候補を、ＥＳＳ（英語研究会）、放送部の二つに絞った。中学や高校で部活動に所属していなかったので、不安な気持ちはもちろんあった。だが、積極的に人づきあいに取り組むことを決意したため、サークルでの人間関係に自ら飛び込んでいくことを誓ったのである。

放送部の見学

全サークル合同の新入生歓迎会がやってきた。今回は、二つのブースを訪れることになっている。まずは、サークル見学の候補の一つとなっていた、放送部のブースを訪れることにした。放送部を選んだ理由としては、周りに声を褒められることが多いからだ。どうやら、周りの人々に比べて音域が低めな声のようだ。

ブースで話を聞いたあと、僕はキャンパス内の放送部の部室を訪問することになった。部室のドアを開ける。部室は思ったより広い。機材などを置かなければならないので、余裕を持った広さになっているのだろうか。

「失礼します。はじめまして、本日ブースで話を聞いた者です」

「おっ、来たね。上がって、上がって！」

「お邪魔します」

八人ほどの学生が部室にいた。今日集まれるメンバーで、映像作品の演技の練習をしているようだ。知らないストーリーだと思っていたら、オリジナル作品のようだ。脚本なども、自分たちで考えているらしい。

「ねぇ、せっかく来てもらったんだし、少し演技してもらわない？」

このように提案したのは、上級生の女子部員だった。

「え、いきなりですか⁉」

僕は早速演技をするとは思わなかったので、練習とはいえ心の準備ができていなかった。

「映像作品を撮るために来たんでしょ？　やってみなよ」

「は、はい、それでは……」あまり乗り気ではなかったものの、場の雰囲気を見ると、やらざるを得なかった。「よろしくお願いします」

僕は、台本に目を通し、セリフを喋った。具体的にどのようなセリフだったのかは覚えていないが、その反応は鮮明に覚えている。

「君、暗いね。もう少しハキハキした声、出せないの？」

先ほどの女子部員だった。僕の声は音域が低いうえに、普段から落ち着いた性格のため、暗く、重く見られることが多かった。そんな僕が無理をして明るくハキハキした声を出そうとすると、声が裏返ってしまうのだ。僕は、どうしても若者にありがちなワイワイ騒ぐノリについていくことができないので、その結果、暗い性格だと思われることがよくあるのではないかと考えている。決して具合が悪くないときでも、具合が悪いと見られることもよくあった。僕の場合は平常に振る舞っているつもりでも、周りの基準では、かなりテンションが低く見えるそうだ。

今回の放送部での出来事のような経験が積み重なって、僕は大いに悩んだが、現在はこのような自分を受け入れて、大きく悩むことは少なくなったように思える。

ちなみに、先ほどの女子部員の一言が決定打となり、これ以降この放送部と関わることは一切なかった。結果的に、放送部と関わることで苦い経験をしてしまったわけだが、同時に僕が周りから「極端におとなしい」と見られることを再認識できた良い機会となった。苦い経験を良い視点で見る、ということをこの頃にはできるようになってきたのではないか。一見暗くてネガティブに見られがちな僕だが、他人に弱音を吐くことは滅多になく、ポジティブ思考を心がけているのだ。

ＥＳＳとの出会い

放送部では、苦い思いをしてしまった。この時の新入生歓迎会では、ＥＳＳのブースも出ていたので、そちらとも話をしていた。

「やぁ！　来てくれてありがとう！」

ブースにいた学生は、ノリノリで英語で話しかけてきた。僕自身は、日本人にありがちな、英語を話すことに対する恥ずかしさというものはそれほどなかった。

「こんにちは、はじめまして。本日はよろしくお願いします」

僕は英語で応じた。受験勉強の時にも積極的に英語を発音しながら勉強していたため、英会話の基礎はある程度身についていたと思われる。

「君、センスあるね！　オレ、トミー。よろしく！」

「あ、ありがとうございます」

あとで知ったことだが、トミーさんは三年生で、富の字を含む苗字のため、ＥＳＳでのあだ名がトミーだそうだ。

「君もオレみたいに、イングリッシュネームをつくろうぜ！」

そういえば、英語の授業で先生にイングリッシュネームをつけてもらう習慣がある国がある、とどこかで聞いたことがある。日本ではそういう習慣はあまり聞いたことがない。

「そうだな……リック、はどうだい？」

五秒もしないうちに、トミーさんは僕のイングリッシュネームを思いついた。

「リック……なぜでしょうか？」

「君がそんな感じに見えるからさ！　ハハハ」

こうやって、トミーさんは自身の感覚で、部員にイングリッシュネームをつけていったらしい。僕のイングリッシュネームも、すぐに「リック」と決まった。ＥＳＳではこのように呼ばれることになるのだろう。

「それじゃ、ここからは日本語で話そう」

トミーさんの日本語を、初めて聞いた瞬間だった。初対面が英語での会話だったため、なんだか奇妙な気分だ。

「リック、君は英語のセンスあるよ！　オレたちＥＳＳと一緒に勉強すれば、確実にもっと英語力を伸ばせると思うよ！」

「ありがとうございます、トミーさん。これから、どうぞよろしくお願いします」

こうして、僕はＥＳＳに所属して、英語力に磨きをかけることになるのだった。

このころの僕は、海外への憧れが強かった。英語を熱心に学ぼうと思っていたのだけれども、それゆえに母語である日本語を軽視してしまうところがあった。英語では比較的自信ありげに話すことができるのだが、日本語で話すとなると、敬語など難しい表現が多いため言葉を選ぶことが大変で、うまく話すことができずそれが気がかりになっていたところがあった。のちに日本語の大切さに気づくことになるのだが、それはあとになってから回想するとしよう。

ESSでの新入生歓迎行事

トミーさんと初めて会った新入生歓迎会から三日後、ESSで新入生歓迎行事が行われた。これまでの部員と新入部員が一斉に顔を合わせる機会だ。

自己紹介が英語で行われたあと、食事の際には、日本語での会話が行われた。

「リック、同じ一年生にしてはセンスあるね！　これからよろしく！」

話しかけてきたのは、同じ一年生の男性、ボブ君だ。僕と同じくトミーさんの直感でイングリッシュネームを名づけられたのだそうだ。ボブ君は、高校の頃に修学旅行でオーストラリアに行ったことがあるらしい。その時に英語に直接触れることにより、自身の英語力のなさを痛感して、大学ではもっと勉強しようと思ったらしい。

一方、僕は、この時点で海外に行ったことは一度もない。それでも英語に対して興味が湧いているのは、幼い頃に英語の習い事に行っていたおかげだ。

「今まで英語をどう勉強してきたか、興味あるよー」

こう話しかけてきたのは、これまた同じく一年生の女性、ジュリアさん。本名と全く関係ないこのイングリッシュネームになった経緯は、お察しのとおり、僕やボブ君と同様である。

「あ、そうだね。幼い頃に習い事行ってて……」

女性慣れしていないので、たどたどしい口調だが、僕はどのように英語を勉強してきたかを説明した——

僕は、国内にいながら英語をある程度習得することができた。僕の勉強法は周りから見たら独特かもしれない。その勉強法を一言で説明すると、「ひたすら音読」である。音読学習を勧める英語の先生は少なからずいるものだが、僕ほど音読に特化した学習をしてきた者はもしかすると珍しいかもしれない。

音読を始めると、それに没頭することができる。そしてその集中力は、長続きするのである(凸)。教材などの英文を、ひたすら音読していく。そうすると、英語を英語で理解する能力が身についていく。和訳することにこだわりがちな受験英語との相性が良くなかったのは、このことが関係しているのだろう、と今は考えることができる。

和訳を経由して英文を理解すると、語順などを変更しなければならず、どうしても時間がかかってしまう。英語を英語のまま理解する能力というものは、ある程度のレベルを超えるためには、身につけておかなければならない能力だと考えている。

文章を読むリーディングであれば、何度も読むことができるため、和訳しながらでもなんとかなるかもしれないけれども、英語を聴くリスニングでは、いちいち和訳をしていると、理解が追いつかないのだ。このような問題を解決し、英語を英語のまま理解することを助けてくれるのが、僕にとっては音読学習なのである。

もちろん、音読をするうえで、音声教材があるほうが望ましい。正しい発音を真似しながら、自分でも発音して読み進めることができるからだ。興味がある洋楽や洋画も積極的に教材として活用した。歌や映画では、実際に使われている活きた英語を学ぶことができる。

ちなみに、僕の趣味は周りの同年代と比較すると独自のものかもしれない。英語を学ぶうえで、歌詞が聴き取りやすいとの評判があるビートルズやカーペンターズの楽曲を聴き、歌いながら勉強した。ここからさらに派生して、ビートルズと同年代に活躍したサイモン&ガーファンクルや、ボブ・ディランなどの楽曲にも興味を持つようになった。さらには、彼らのルーツを探っていくうちに、エルヴィス・プレスリーやチャック・ベリー、バディ・ホリーなどの、ビートルズよりも年上の世代のミュージシャンの楽曲にも興味を持つようになってきた。

音楽への興味は日々増していくばかりだが、これ以上語ると趣旨がズレてしまうので、この辺にしておこう。つまり、周りの学生が比較的最近の楽曲で英語を学ぶ傾向にある一方、僕は古い年代の楽曲で学んでいたのである。もちろん、最近の楽曲にも良い楽曲はたくさんある。しかし、僕の好みは、古い年代に集中しているのではないか、と考えるようになった。年代ごとに音楽を聴くと、この年代にはこういう音楽が流行《はや》った、ということがわかり、興味深い。

周りからなんと言われようが、僕はマイペースに趣味を探求する人間なのである。

――僕がマイペースに自分の勉強法や好きな洋楽について一方的に語っていたため、ジュリアさんは僕の話に聞き飽きている顔をしていた。おいおい、質問してきたのはそっちだろう、と思いながらも、僕はこの感覚について想像することが本当に厳しい（凹）。僕の発言は、周りと比べるとズレていることが多く、困惑されがちだ。しかしながら、僕にとっては、何がズレているのかを客観的に理解することができないのだ。

このように、周りから困惑されることを恐れて、普段は無口になることが多い。この一件のようなことが積み重なり、積極的に発言することができなくなってしまう。

「よし、このあと、カラオケに行こうぜ！」

英語でのトミーさんの声である。相変わらずこの男、ノリノリである。ＥＳＳの部室から出て、七分ほど歩くと、カラオケボックスに到着した。

僕は、マイペースに趣味を追求するタイプなので、周りの流行に疎くなってしまうところがある。それがわかるカラオケだった。ボブ君が歌う楽曲も、ジュリアさんが歌う楽曲も、知らない曲だったため、うまく反応ができなかった。また、僕はこのような大人数でのカラオケで、ノリノリになることができないのだ。要するに、周りのノリに合わせることが苦手なのだ（凹）。

「大丈夫？」

こう気にかけてくれたのは、四年生の先輩の女性、スージーさんだ。

「あ、こういう場、慣れてないんですよ……」

僕は、このように応答した。

「そっか……みんなで歌える曲を、歌おうか！」

こうしてスージーさんが選んだ曲は、ＵＳＡフォー・アフリカの『ウィー・アー・ザ・ワールド』だ。確かに、カラオケでみんなで盛り上がって歌うことに適した楽曲である。

スージーさんのおかげで、その場は一気に盛り上がった。その感謝の気持ちからか、僕はその次に、エヴァリー・ブラザーズの『起きろよスージー』を歌っていた。かなり昔の年代の楽曲のため、僕の他にこの曲を知る人はいなかった。しかし、スージーさんへ感謝の気持ちは伝わっていたように思う。

授業の中での小テストやレポート

大学で受講する科目では、教養科目と専門科目のどちらにも、なかには小テストやレポートを課すものがあった。小テストは、前の授業の確認、という内容がほとんどだったため、毎回しっかり出席できる僕にとっては、大きな支障はなかったが、出題範囲を丸暗記し、それを解答用紙に書く形式の時には、範囲を覚えるために対策にはそれなりに時間がかかった。

レポート課題は、僕が最も熱心に取り組める課題の一つだった。与えられたテーマに関して、自分自身で考えて記入する、という作業に楽しみを感じる。また、提出期限ギリギリになってから取り組むのではなく、できるだけ速く終わらせてしまうタイプだ。最速の時には、授業が終わってからすぐ図書館に行き、レポートを記入してそれを提出してから帰宅する、ということも多々あった。単純な丸暗記ではなく、自分の意見を淡々と述べていく形式のレポートを、僕は大いに気に入り、意欲的に取り組んだ。なかには四千字以上、という字数指定のレポートがあったが、僕は執筆作業に没頭してしまい、一万字を少し超えるあたりの文字数で提出したこともある。

このように、好きな作業に没頭できることが、僕の能力である。この時の集中力は、凸と言えるものの、没頭しているあいだ、周りが見えなくなってしまうことがあるため、注意が必要だ。僕はこのように一人で没頭して取り組むことができるレポート課題は、非常に相性が良い。

その反面、グループで取り組むレポート課題となると、話は別である。五人のグループで、教科書に載っているマネジメントについての練習問題に取り組んだ。五人で話し合い、それぞれがどのようなことを分担して執筆するかを話し合うのが、通常の流れだと思われる。しかし、話し合いはうまく進まない。なにより、話し合いの速度が速く、会話についていけない自分が腹立たしい。もっとゆっくり話し合いをしてほしいなんて、場の空気を乱してしまうという考えから、言えない。言ったとしても、他のメンバーが僕の速度に合わせていたら、会話がゆっくりすぎてイライラする恐れがある。話し合いは平行線で、誰かが譲歩しなければ話は進まない状況だった。

「じゃあ、全部やるよ」

僕の発言に他のメンバーは、驚愕《きょうがく》した。僕自身は、苦手すぎる話し合いから早く抜け出したい一心で、極論を口にしてしまったのだった。

「ありがとねー」

「どうぞどうぞ」

「それじゃ、よろしくねー」

他のメンバーたちは、このような言葉を残し、話し合いは終わった。五人での共同執筆という名目であるものの、僕がほぼ全て書いたものをメンバーに共有し、メンバーの誰でも発表できるようにする、という形式になったのだ。

レポートを書くことがそれほど苦痛ではないということは、不幸中の幸いだった。協力しながら執筆を進めていくことが苦手なため、このような選択をしてしまった。それほど、共同でプロジェクトを進めていくことに、問題を抱えてしまっているのだった（凹）。

近づいてきた定期試験

こうして、前期が始まってから時間が流れ、定期試験の日が刻一刻と近づいてきた。

僕は、一夜漬けができるほど器用なタイプの人間ではないので、二週間前あたりから確実に対策を進めていくことにした。一夜漬けができない、ということは、瞬時に学ぶことができず、ゆっくり確実に学ばなければならない、ということだ。思い返せば、これまでも何かのゲームをやるときに、そのルールを覚えなければいけないことがあった。周りの皆はすぐに覚えられるが、僕は覚えるのに人一倍時間がかかっていた。どうして皆はこんなに早く覚えられるのだろう、と不思議に思ったくらいだ。

このように、何を学ぶにも時間をかけないといけないのである（凹）。しかし、その反面で僕は、一度覚えてしまったことは皆に比べて忘れにくいらしい（凸）。このことは、高校時代に範囲が狭い定期試験より、範囲が広い模擬試験のほうが良い結果が出たことに関係していると思われる。他の生徒が定期試験後に忘れてしまった内容を、比較的よく覚えていることが多く、それを模擬試験で活用することができる。つまり、僕は短期的な学びより、長期的な学びのほうが対応しやすいということだ。会話の面だけではなく、学びの面でも、ゆっくり確実にやっていくのが向いているのである。

こうして、大学の定期試験に向けて僕は勉強を進めていった。僕は手書きで文字を書くことがあまり得意ではなく、字が下手である。そのことも関連して、ノートなどに書いて試験範囲の内容を覚える、ということをしない。では、どうやって勉強しているかというと、手書きではなく、パソコンを使って文字を入力して、それで覚えているのである。基本は教科書や配付資料などを読み、勉強をするのだが、必要に応じて、パソコンを使って、Ｗｏｒｄなどのソフトで読んだ内容を自分なりにわかりやすくまとめる、といった作業をひたすら行い、試験勉強を進めていた。

このように、僕はマイペースに、自分なりの相性が良い勉強法を考え出し、試験に臨むのだった。

定期試験での問題との相性

こうして、定期試験期間がやってきた。教養科目では、毎回参加していれば出席点や課題による点数が与えられ、定期試験も比較的簡単なものが多かった。それに対し、専門科目は、出席点が与えられず定期試験だけで成績が決まる、という科目が多く、試験勉強を念入りに行う必要があった。

定期試験を受けてみて僕が感じたのは、問題形式との相性が特殊だということだ。周りの学生の話によると、一般的に、暗記してきた内容をそのまま記入したり、選択肢の中から答えたりする単純な問題を好む学生が多いようである。僕は、このような形式の問題はあまり得意ではない(凹)。事前に暗記しなければならない形式の試験であれば、多くの試験勉強時間を要するのだ。またシンプルな問題形式のため、多くの問題を速く解かなければならないことが多く、試験時間が足りなくなることがあるのだ。

これに対して、授業で紹介された内容をもとに、問題を自分の頭で考えて論述していく形式の問題が、僕にとっては非常に相性が良い（凸）。このような形式は、暗記ではなく思考力を問う試験のため、教科書や配付資料などの持ち込みが可能な場合が多い。つまり、直前の勉強だけでなく、日々の積み重ねによって鍛えられた思考力が試される論述形式の試験はやりやすかった。僕は、短期的な勉強より、長期的な勉強のほうが向いているタイプなので、このような問題文に対する自分の考えなどを論述する試験と相性が良いのだろう。じっくり長めの文章を論述する試験では、一問あたりに割く時間が長めになるため、問題の数が少なくなることが多い。これも、僕が得意である理由の一つだといえる。

このような話を他の学生にすると、不思議な顔をされることがある。どうやら、試験との相性が僕のようなタイプは少数派のようである。

からっぽの夏休み

前期試験が終わり、八月と九月のほぼ二カ月のあいだ、学生たちは長い夏休み期間に突入する。友達と遊んだり、旅行に行ったりする学生がいるなか、僕は違う夏休みを送っていた。夏休み期間中は、友達と遊ぶことはなく、インドア派なので、家にこもってパソコンとにらめっこしていることが多かった。

知り合いになった学生は多くいるものの、仲を深めて友人関係にまで発展させることができていなかった。授業でも、入門ゼミでも、ＥＳＳでも、そこで知り合った学生は、その中だけでの関係であり、大学が関係しないプライベートでも仲良くなる関係ではなかった。

この当時はわからなかったのだが、今では友人関係に必要な要素がわかっている。やはり、友人関係に発展させるためには、共通の趣味や価値観が不可欠なのだ。僕は、他人に合わせることが苦手で、趣味や価値観を合わせることも当然苦手である。仮にある人が好きな趣味があっても、一緒に楽しむためには、僕自身も好きにならなければならない。他人に合わせることが上手な人は、その趣味を合わせて一緒に楽しむことができるのかもしれないが、僕には、それができない。僕は、流行をそれほど気にしない性格で、周りに流されず自分が本当に好きなものを追求する性格である。マイペースに我が道を行くタイプの僕は、周りと話が合わないことがどうしても多くなるのだ。

夏休み期間中は、皆がそれぞれの地元に帰り、高校時代の友人と遊ぶ人がいる。僕は実家から通える範囲に大学があり、そのまま実家にいるのだけれども、高校時代は人間関係に、より消極的であったため、連絡を取り合う友人はいない。そのこともあり、家にいる時間が長かった。大学の授業がある期間に比べてからっぽの夏休みを過ごすことになったのである。

人間関係が苦手なものの、人付き合いを避けているわけではないので、授業などで人と関わることのできる大学の授業がある期間のほうが、僕は日々が充実していると感じるのだった。

英語の授業の劇

夏休みが終わり、後期の授業が始まった。後期のある英語の授業で、グループで劇を作ることになった。この劇では、先生から与えられた、この表現を使うこと、などの条件を満たした脚本を作る必要があった。

今回は、四人のグループであった。ここでもやはり問題となったのは、役割分担である。だが、お互いにそれほど仲が良いメンバーというわけではないため、話し合いは難航した。脚本の提出期限が迫っても、一向に話し合いが進む気配がない。僕は、自らの手で全ての脚本を執筆することを決意した。それを伝えると、

「あ、どうも」

「んじゃ、よろしく!」

「頼んだよ」

他の学生たちは、それほど強く感謝の意を示すこともなく、軽いノリで僕に脚本を託した。

こうして、僕が脚本を執筆することになったのであるが、僕は他の三人にセリフが長い役を押し付けたいと思った。しかし、それは難しい。それぞれがセリフを覚える必要があるが、脚本を執筆することを放棄してしまうような連中が、果たして真面目にセリフを覚えるのだろう

か。そうした懸念から、僕が最もセリフの長い役を演じざるをえなかった。

　こうして、脚本を提出したうえで、劇の本番がやってきた。僕は、覚えたセリフをしっかり話し、キャラクターになりきり、演じることができた。人前で話すことに対しては、それほど抵抗はない。劇のように他のキャラクターになりきっているのであれば、なおさら抵抗はないのである。問題は、他のグループメンバーたちである。僕より短く、かつ容易な表現のセリフを用意したつもりだったが、それでも、メンバーとの仲がそれほど良くないことが影響して、練習不足なのは否めなかった。

　結果的に、メンバーたちはセリフを瞬時に思い出せず、制限時間内にセリフの全てを演じきることができなかった。他のグループは全て、時間内におさまっていたが、僕たちのグループのみが間に合わなかったのである。

　僕は、悔しかった。何よりも、僕自身は脚本を全て執筆したうえに、一番セリフの長い役を担当し、やることは全てやったつもりである。それなのに、他のメンバーたちは僕の期待に応えてくれることはなかった。幸い、そのことを察した先生は、僕に対してはそれなりの評価をしてくれた。個人レベルの評価では、問題はなかったのである。

　また、僕の脚本は、独特なものだったらしい。数年前のことなので、具体的なストーリーは覚えていないが、「昭和のドラマみたいだ」とのお言葉を先生からいただいた。音楽や映画などで、ひと昔前の作品を好むことが多い僕は、自然とそれらの作品からの影響を受けていたのだろう。平成生まれながら、美空ひばりや石原裕次郎をはじめとする昭和の作品を好む傾向にあるため、しばしば周りの学生との話が合わないことがある。しかし、これは僕の個性であると、今回の先生からのお言葉も、肯定的に捉えたのだった。

スピーチ大会に出場

ＥＳＳの活動の一環として、周辺にある大学と合同で行われるスピーチ大会への参加があった。海外経験がないにもかかわらず、英語の発音に関して定評のある僕は、僕の大学のＥＳＳの学生たちから、出てみないかと誘われた。

いつものように、三年生の先輩の通称トミーさんが、英語で激励の言葉を投げかけた。

「お前なら、できる！」

このような周りの後押しもあり、僕はスピーチ大会に出場する流れになった。

スピーチの練習をするうえで、僕はＹｏｕＴｕｂｅやＴＥＤなどの、英語でスピーチやプレゼンテーションが行われている動画を見ることができるウェブサイトを参考にした。その中でも心に残っているものは、ｉＰｏｄやｉＰｈｏｎｅ、ｉＰａｄなどの世界的大ヒット商品を生み出し、惜しまれながら二〇一一年にこの世を去ったアップルの共同創業者のスティーブ・ジョブズが、二〇〇五年にスタンフォード大学の卒業式で語ったスピーチである。

「点と点を繋ぐ」ことや、妥協をせずに日々探し続けることなど、このスピーチからは様々なことを教えてもらった。このスピーチを初めて知ったこの日から数年後の現在まで、僕は何度もこのスピーチの動画を観ている。面白いことに、僕が年齢を重ねるたびに、スピーチの内容をより理解できてきているように思うのだ。

そうして、スピーチ大会の日がやってきた。僕は、ESSメンバーと共に、会場となっている佐賀県の大学の講堂へ向かった。大会でのスピーチの内容は、それぞれの大学の地元の特徴を説明するものであった。僕は、ひたすら原稿を声に出す作業を行い、練習をして、本番に臨んだ。僕の番は、今回スピーチをする十人の学生のうち九番目。つまり、最後から二番目である。僕は、前の人たちのスピーチを聴きながら、順番を待った。とはいっても、集中してスピーチを聴くことなど、できなかった。前の人たちがスピーチをしているあいだも、緊張で体が震えていた。

僕の番がやってきた。会場は拍手が起こり、僕は壇上へと歩を進める。マイクの位置を確認して、いざ、スピーチを始める。

「皆さん……こ……んにちは」

僕の声は震えてしまっていた。比較的和やかな雰囲気だった大学の授業と違い、スピーチ会場はかしこまった雰囲気だった。その雰囲気に呑まれてしまい、極度の緊張状態になってしまっていたのだ。聴衆たちは、真剣な顔で僕を見つめている。そのことが、僕をさらに緊張させてしまった。英語の授業の劇の時は全く緊張しなかったのに、場の雰囲気が違うと、こうも違うのか、と驚愕した。

震え声になりながらも、なんとかスピーチを終えることができた。

「よう、お疲れさん！」

トミーさんが、英語で労《ねぎら》う。いつも英語ばかり使って、本当に英語が好きなんだな、この男は、と思いつつ、僕は思わず微笑《ほほえ》んだ。

四年生の先輩、通称スージーさんも会場に来ていた。

「一年にしては上出来だよ！」

スージーさんの優しい言葉に、心が救われた。

緊張してしまいうまくスピーチをすることができず、結果的には、入賞は果たせなかった。

人前で話すことについて基本的には抵抗がないものの、この当時の僕は、まだまだ自分に自信がなかったと思われる。自信ありげに英語でスピーチをする方々を参考にしながらも、このようなかしこまった場でも堂々と自分の意見を話せるほどの自信はまだ僕にはなかったのだ。

こうして、僕のスピーチ大会は幕を閉じた。

もうひとつのスコアシート

年が明けた。学生たちは、後期の定期試験の準備に追われていた。かくいう僕も例外ではなく、年末年始はゆっくり休んだものの、新年を迎えると学期末の試験対策に追われることになった。幸いにも、前期より科目数が少ないうえに、ただの暗記ではなく、僕が得意な思考力を問うような試験がある程度あり、前期よりは苦にならない試験対策だった。

後期の試験が全科目終わった頃、その少し前に受験した英語の試験、ＴＯＥＩＣのスコアシートを大学で受け取った。

八〇〇点を目標としていたが、どれくらいのスコアを取得できただろうか――

スコアシートに印刷されている三桁の数字を見て、僕は強い達成感を覚えた。目標を達成することができたのだ。以前に二回受けたことがあり、今回で三度目となったＴＯＥＩＣ受験は、九九〇点満点中八三〇点という結果だった。目標としていた八〇〇点を超えることができたのである。

仮に僕が七五〇点を目標にしていたら、八〇〇点を超えられただろうか。もしかすると、超えられなかったかもしれない。やはり目標設定は高いほうがよいと感じた。目標の候補が二つあるとしたら、高いほうがよい。

ＴＯＥＩＣでは、八〇〇点を超えればなかなかの英語力を持つ人とみなされるようである。海外に行ったことがある人でも超えることが難しい人も少なくないなかで、僕は海外経験なしにこの基準を超えることができたのである。

僕はＥＳＳの部室に行き、メンバーにこのことを報告した。

「すごい、よくやった！」

トミーさんが、僕を賞賛した。ところでこの人は、英検やＴＯＥＩＣを受験したことがあるなら、どれくらいの実力があるのだろうか。当時の僕はなんでも遠慮気味だったため、それを尋ねることはできなかった。

「俺も頑張らなきゃなぁ」

同学年の通称ボブ君は、僕の成果に刺激されたようである。これは光栄なことである。

「ねぇ、どうやって勉強してるの？」

同じく同学年の通称ジュリアさんが、僕にこう尋ねた。

「そ、そうだなぁ……。音読するの、いいよ」

相変わらず女性と話をすることに慣れていない僕は、ぎこちない返事をした。たらればで考えることはよくないことだけれども、姉や妹がいれば、少しはマシだったのかもしれない。

しばらくして、スージーさんが一枚の紙を持って現れた。僕の業績を讃えるために、表彰状兼お手製スコアシートを作ったのだ。絵を描くことが趣味のスージーさんは、表彰状に僕の似顔絵を描いてくれた。これは嬉しいものではあったが、照れてしまいそれほど感情をおもてに出すことができなかった。

「おめでとう。これからも頑張ってね！」

スージーさんは、このように僕を賞賛した。

「あ、ありがとうございます！」

僕は、精一杯感謝の気持ちを伝えると、もう一言だけ続けた。

「が……頑張ってください！」

スージーさんは四年生なので、そろそろ大学を卒業することになり、お別れなのである。舌足らずの僕は、卒業後の活躍を願う気持ちを、このもう一言に託したのだった。スージーさんは、それを察したように、微笑みかけた。

八三〇点。正式な記録シートは、大学で受け取ったスコアシートである。しかし、この記録に残る正式なスコアシートよりも、僕は記憶に残るもうひとつのスコアシート——スージーさんお手製の似顔絵入りのスコアシートを大切にするかもしれない、と思うのだった。

その後も、徐々にスコアは自己ベストを更新していった。

一年間で、ある程度の自信がついた

こうして、後期の単位も全て無事に取得し、僕の大学一年生の期間は終わりを告げた。大学入学前の、学校に馴染めなかった暗い時代に比べて、ある程度明るい時代になってきたように思われる。

しかし、今思えば、まだまだという人間関係であった。大学内での知り合いというレベルにはなることができるのだが、大学の外でも一緒に遊ぶプライベートな関係となると話は別であり、そのような関係にまで人づきあいを発展させることがうまくできなかった。

ネガティブにいえばこのようにこの一年間を総括できるが、実はポジティブな要素のほうが強かった。周りから定評のある英語力により、ＥＳＳのメンバーたちに賞賛されるまでになったのだ。また、日々の授業の課題レポートは突出して評価が高いことが多く、自信につながった。

自信とは、苦手なこと（凹）が多いながらも得意なこと（凸）を生かすことによって、身につけていくものだとあらためて感じた一年だった。ここで大事なのは、得意なことだけでなく、苦手なことも理解しなければならないことである。何が苦手かがわかると、そのことを無理せず、ほどほどにすることができる。そして、その時間を得意なことにかけることができる。そうしてどんどん伸びていった長所を、自信につなげるのだ。

＊＊＊

……こうして回想してみると、一年生の期間はかなり密度が濃い一年だったと感じる。回想しているうちに、ブラックの缶コーヒーを飲み終えた。近くにあるゴミ箱に捨てようと歩きだすと、バスはやってきた。

僕は慌てて空き缶をゴミ箱に放り込み、バス停へ向かって駆けだした。

第三章 いざ、さらなる経験へ

僕は、講演会の会場へと向かうバスに乗り込んだ。講演会では、自身が抱える顕著な凸凹による生きづらさを語りながらも、凸——つまり長所の部分をうまく自信につなげてポジティブに生きているという明るい内容にするつもりだ。生きづらい現実を淡々と伝える暗いものではなく、生きづらさを抱えながらも前向きに生活していることを伝え、来てくれた方々に希望を与えたい。

僕は、バスの中で一息つきながら、窓の外の景色を眺めた。市街地の街並みが広がっている。この辺りは、いつも多くの人々で溢《あふ》れかえっている賑やかな繁華街だ。

長崎は修学旅行先として長年人気があり、街なかはいつも修学旅行生で賑わっている。坂が多い凸凹した地形に、新鮮味を感じていることだろう。僕はこの街で育ったので、他の都市の平らな街並みが逆に新鮮である。

それに加えて、ここ最近で長崎のいくつかの場所が世界遺産に登録されたこともあり、外国人観光客が大幅に増えたような気がする。大型の豪華客船も、よく見かけるようになった。また、一律百三十円で乗ることができる路面電車内も、すっかり国際色豊かになった。

そういえば、この辺で道案内をしたことがあったことを思い出した。時期的に、ちょうどこれから回想を始める大学二年生の初めくらいだったと思う。まずは、そのことを思い出してみようか……。

＊＊＊

二月から三月にかけて、約二カ月間の長い春休みを終えて、大学二年生の前期が始まった。まだ二年生なのか、もう二年生なのかよくわからない感覚のまま、再び前期の授業のため大学に通うことになった。春休みも、夏休みと変わらず、家にこもっている時間が多く、家族以外と関わることはそれほどなかった。僕は、積極的に出かけるタイプではないのだ。

ある春の街なかで

大学二年生の授業が始まって二週間ほど経った頃だっただろうか。大学からはやや距離の離れた市街地を歩いていると、英語で声をかけられた。確か、長崎駅前の歩道橋だったと思う。

「すみません、この場所にどうやって行けばいいか、教えていただけますか」

おそらく、外国人観光客である。観光客に人気の、ある飲食店の場所を知りたいとのことであった。ヨーロッパ系とみられる、男女四人組であった。僕は、親身になってそこへの行き方を英語で案内した。

「どうもありがとうございます！」

「いえいえ。ところで、どちらのご出身ですか？」

僕は、彼らがどこから来たのか気になったので、こう尋ねた。

「イタリアだよ」

「そうですか、良いご旅行を！」

確かに、彼らの英語は訛《なま》っていた。各地の英語の訛りは、その国々の母語の影響を受けているため、興味深い。

「ありがとう。チャオ！」

彼らは、陽気なイタリア人のイメージそのままの笑顔で、僕に別れを告げて、その飲食店に向かっていった。

この当時、僕はイタリア語と言えば「ボンジョルノ」などしか知らず、カジュアルな場面で出会いや別れの挨拶《あいさつ》に使われる「チャオ」がイタリア語であることも、よくわかっていなかった。

それはともかく、このように英語で話しかけられた際に、それなりの対応ができるようになったことは、自信につながった。

また、様々な国の方々と話をすることは、なかなか刺激的だ。海外経験がないながらもそれなりの英語力を身につけることができたが、海外ならではの経験などは、実際に行かないと知ることができない。

果たして、将来海外へ行くことがあるのだろうか、と当時の僕は考えていた。

自動車の運転免許を取得するも……

二年生前期の授業と試験が無事に終わり、大学生活二度目の夏休みに入った。

僕は、自動車の運転免許を取得するために、夏休み前に自動車学校に申し込みをしていた。

その理由は、社会人になるとあまり時間が取れないから学生のうちに運転免許を取得しておいたほうがいい、という周りの声が多かったからである。実際、僕の周りの知り合いの学生たちは、自動車学校に通い免許を取得する者が増えてきていた。

しかし、僕は薄々、運転があまりにも苦手な可能性があることに気がついていた。果たして、僕に運転免許を取得できるのだろうか、と自信がなく、不安な気持ちがありながらも、自動車学校に通うことになったのである。

幸い、家のすぐ近所に自動車学校があったため、僕は自宅からそこへ通学するプランを選択した。なかには、合宿形式で免許取得ができるプランを提供する自動車学校があるが、人付き合いがあまり得意ではない僕にとっては、不向きであった。

僕が申し込んだのは、普通自動車免許のＡＴ限定（オートマチック限定免許）である。ＡＴ車が普及してきたものの、今もＭＴ（マニュアル）で免許取得をする人がそれなりにいる。僕の印象では、男性はＭＴを選ぶ人が多かった。しかし、ただでさえ運転できるのかが疑問な僕にとって、ＡＴ車であっても問題なく運転できるか、自信がなかった。

こうして、教習がスタートした。学科に関しては、現在は紙の問題集だけでなく、パソコンや携帯電話でも練習問題を解くことができるため、大きな問題はなかった。問題となったのは、実技である。僕はゆっくり時間をかけて物事を習得していくタイプなので、規定時間数で第一段階の教習を終えることができず、少し延長しなければならなくなった。幸い、第一段階の修了検定は一度で合格することができたものの、延長した分の余計な費用を支払うことになってしまった。

第二段階は、第一段階の自動車学校内の練習コースに比べて広々とした公道を走るため、走っていて楽しかった。応急処置の講座や高速教習などを経て、慣れてくると、卒業試験で走るコースの練習を何度も行ったうえで、卒業試験を迎えることになった。

卒業試験は、練習時にグルグル回ったコースと同じものであったし、突然の歩行者に気づかないなどの不測の事態は起こらず、慎重な走行が功を奏した結果、一度で合格することができた。

こうして、自動車学校を卒業し、後日、運転免許試験場で学科の最終試験を受け、晴れて運転免許が交付されることとなった。

あとは、実際にいろいろな道を走ることで、自ら運転に慣れていかなければならないのだろうけれども、僕にはそれが難しく感じられた。なぜなら、走ったことがない新しい道に臨機応変に対応しうる想像力が欠如しているからである。また、他の車や歩行者などの行動に合わせて走行しなければならず、無数のそのパターンに気を配ることが、僕にとってはかなり高度な作業ということになる。ゆえに、僕にとっては、運転はかなりの労力を要し、疲れる作業だ。車を運転すること自体は好きなのだが、積極的に運転をしたいとは思えなかった。常に慎重な運転をするため、事故を起こす可能性は少ないだろうが、普段は運転しないほうがよい、という結論に至った。普段から他人に合わせることが苦手な僕は、車を運転する場合も同じなのである。

多くの人々にとって、ちゃんと免許取得ができれば車を運転できるのは当たり前だと思われているかもしれないが、僕のように運転にはあまり向かない人間も、なかにはいるのである。

英語以外の外国語

大学では教養教育のほかに、専門教育でも語学の授業が行われた。学部の中で、国際ビジネスや語学について学べるコースに進んだからである。一部のビジネスについての授業が、外国人の先生による英語で行われる授業であったことに加えて、英会話の授業や英語以外の外国語の授業も開講されていた。

僕は、一年生のとき教養科目として第二外国語にフランス語を選択し、授業を受けていた。それで、新たに専門科目としてコース科目でもフランス語を受講した。コース科目としてのフランス語の授業を受けてみての感想は、教養科目のほうは文法重視だったのに比べて、コース科目のほうは会話重視で、より実用的だという印象を受けたということだ。教養科目で理論的に学んだことが、実践に活かされるようで良い順番であった。先生が用意した資料などを使いながら、時々映像教材なども用いて会話の表現を学んだ。

英語以外の外国語をある程度理解できるようになると、それを母語である日本語とはもちろん、英語とも比較ができるので興味深い。特に、フランス語は英語と同じヨーロッパ系の言語であるため、似たような単語や文法があり、その違いを楽しむことは興味深いのだ。

欲張りな僕は、第二外国語ではないにもかかわらず、専門科目のコース科目でドイツ語も受講した。こちらはフランス語と違い、今回初めて学ぶことになったのだが、教材は平易なものであり、なんとかついていくことができた。個人的な印象だが、ドイツ語は、フランス語よりも英語に近いようだ。ドイツ人は英語を話せる人が多いといわれるのはこのことが関係しているのかな、とも考えた。

フランス語とドイツ語のこの二言語は、普段使う機会がほとんどないため、授業を受けてかなりの時間が経った今はもうほとんど忘れてしまったことだろう。しかし、多様な言語に触れることは僕にとって良い刺激なので、もっと勉強を進めていきたいと思った。

ちなみに、コース科目として中国語や韓国語の授業も開講されていたものの、さすがに多くの科目を履修しすぎると負担がかかるため、受講しないことにした。必要性が生じれば、これらの言語にも挑戦する覚悟はある。それだけ語学には関心があるのだ。

また、コース科目として受講したフランス語とドイツ語の両方の授業で、先生に発音を褒められた。どうやら、僕には外国語を発音するセンスがあるらしい。

フランス語に関しては、「英語訛りがあるけど」との批評もいただいた。英語をある程度習得しているため、同じヨーロッパ言語であるフランス語を話すときに、日本語訛りというより英語訛りになってしまうのではないか、と自己分析している。

パップロジェーン？

定期試験終了後、ある少人数クラスの授業を受けている学生グループで、「お疲れ会」を開くことになった。この時の僕は、まだ自分の意見をしっかり言えるような自信がなかったため、それほど乗り気ではなかったものの、場の空気を乱してはいけないと思い、お疲れ会に参加することにした。

お疲れ会には、授業を受けた十人全員の学生が集った。会場は、大学の近くにある、学生にもやさしい価格設定のイタリアンレストランだ。良心的な価格であり、かつ味は確かだ。学生たちは、ピッツァやパスタなどの料理に舌鼓を打った。

お疲れ会に参加した学生たちは食事をある程度終えると、会話がエスカレートしていった。

「パップロジェーン！」

突然、このクラスの中でもテンションが高めの男子学生が、謎の言葉を発した。

「それ、ウケるよねー」

「最高！」

その男子学生の近くに座っている女子学生たちが、いち早く反応した。

「パップロジェーン！」

「パップロジェーン‼」

「パップロジェーン!!!」

僕以外の学生たちは皆、笑顔になってその謎の言葉を発して、盛り上がっていた。キョトンとした表情をしてしまっていたのは、僕だけだった。

「おい、パップロジェーン！」

「……？」

最初にこの言葉を発した男子学生が、僕にもその言葉を言うように促した。

僕は、その言葉が聞き取れなかったため、何を喋ればいいかわからず、困惑した。

「ん？　パップロジェーン！」

「……？」

「おい、まさかパップロジェーン知らねぇの⁉　ありえねぇ！」

ありえないと僕は言われたが、知らないものは、知らない。

「えー！」

周りの学生たちも、驚いている様子であった。

「今流行っているお笑いコンビのギャグのフレーズだよ。これ知らないって、お前仙人か何か？」

こっぴどく馬鹿にされてしまった。流行に疎いだけで浮世離れした仙人扱いする連中など、まっぴらごめんだ。すぐにでも帰りたくなったが、グッとこらえて、お疲れ会を乗りきった。

後日、テレビのある番組を観てみると、確かにパップロジェーンなるフレーズでブレイクしつつあるお笑いコンビがいた。そのネタを観てみると、ノリが良いものであり、確かに若者受けが良さそうな芸風であった。お笑い自体はどちらかと言うと好きではあるが、このような芸風は僕は個人的には、あまり好きではなかった。それに加えてお疲れ会の一件があったので、このお笑いコンビ自体は悪くないものの申し訳ないが彼らに嫌悪感が湧いてしまった。

好みは人それぞれなので、このようなお笑いコンビが流行っていることに対して僕は意見するつもりはない。しかし、お疲れ会の事件のように、流行っているものを知らないからといって、それを馬鹿にする姿勢はいかがなものかと思う。

ちなみに、このお笑いコンビは現在は既にテレビの世界から消えてしまっていて、今「パップロジェーン！」と叫ぼうものならば、「お前、それ古いよ！」などと逆に馬鹿にされてしまうことだろう。流行とは、そういうものである。

現在の僕は、好き嫌いはともかく、どのようなものが流行っているかをある程度把握しておき、その中で好きなものは自らも取り入れていく、という方法をとることにしている。

いざ、さらなる舞台へ

二年生後期の試験も無事に終わり、二度目の春休みがやってきた。

以前から僕は、海外経験がないながらも英語力には周りからの定評があることについて、他の学生から驚かれたり、不思議に思われたりした。

「海外行ったことないの⁉」

「留学行けばもっとできるようになるんじゃない？」

このようなことを、他の学生からよく言われた。僕は英語に関してはある程度習得できたため、仮に留学するとすれば非英語圏のどこかへ行き、言語はもちろん、現地ならではの様々な経験を積んでいきたいと考え始めていた。僕は語学に関しては国内でもある程度独学できるので、語学のための留学というよりは、現地の雰囲気を感じられる留学にしたいと考えた。

とはいえ、留学には大金がかかるうえに、初めて親元を離れることになる。いきなりの一人暮らしが海外となると、ハードルが高く思えた。しかし、この頃の僕は、できそうな気がしていた。大学入学前の僕であれば、留学ができるほどの自信はついていなかっただろう。

そんななか、比較的好条件の交換留学先が、僕の大学に新たに追加されたとの情報を得た。交換留学では、もともと在籍している大学と留学先の大学が提携しているため、在籍している大学に授業料を納めておけば、留学先の大学への授業料はなしで留学することができる。経済的にありがたい制度である。

その新たに追加された交換留学先の大学は、イタリア北部の観光地となっているヴェネツィアという街に位置していた。「水の都」と呼ばれ、独自の街並みを持つヴェネツィアは、街自体が世界遺産になっていることもあり、治安が良く穏やかであり、騒がしいのが苦手な僕に向いているように思えた。長崎も世界遺産に登録された場所がある。また、海に面し、観光客が多い街として、長崎とどこか似たような響きを感じ、僕はヴェネツィアに親しみをもった。この街であれば、世界中から観光客が訪れるので、イタリアにいながら世界中の多様な人々と関わる機会があるかもしれない、とも思った。

僕は考え抜いた結果、ついに約一年間の留学を決意したのであった。

春休みが終わり、三年生が始まった。自分の殻を突き破る時が来た。大学入学前に「大学では心を開いて人間関係構築を頑張っていこう」と決意したことよりも、今回の留学は大きな決意であった。

三年生の前期では、授業を受けながら留学に向けて準備を進めていくことになる。

ゼミに所属

僕が通っている大学では、三年生からゼミに所属することになる。これは入門ゼミのような半年だけのものではなく、卒業までの二年間みっちり実施されるものである。

僕が所属したゼミは、ビジネスマインドについて考えるゼミであった。数多くの経営者たちの事例をもとに、ビジネスを実施していくためにはどのような心構えが必要かを考えるものだ。

このゼミは、どちらかというと熱心に活動が行われているゼミではなかった。僕はそのようなゼミを意図的に選んだ。理由は、集団行動が苦手だからだ。飲み会や合宿などが積極的に行われているゼミは、僕にとって大きな負担となりうるのだ。活動が熱心ではないため、学生たちとはお互いゼミの時間だけの関係であり、ゼミ生たちの間で絆《きずな》が深まることはそれほどなかった。

僕のゼミを担当している先生は、三十代の比較的若手の男性で、イギリスに留学経験があるらしく、英語が堪能である。時には英文教材を用いてビジネスマインドについて学んでいくこともある。教材の英文はそれほど複雑なものではないため、他のゼミ生たちが苦戦しているなか、普段から英語に触れている僕にとってはお茶の子さいさいであった。

ある回では、英文教材でゼミ生たちがそれぞれ与えられた教材の節ごとに内容を理解して、それを日本語でわかりやすく他の皆に説明する作業があった。

僕の番が回ってきて、与えられた節に書いてあった内容を説明した。

「ものすごくわかりやすいね！」

「すごい！」

他のゼミ生たちからこのような反応が返ってきた。今回の課題では、英文を単なる機械的な和訳文章にするのではなく、それを自分なりに解釈して頭の中で噛み砕いたものをわかりやすくまとめて、説明しなければならなかった。英語力だけでなく、文章を論理的にわかりやすく説明する能力が求められた。僕は、説明するのだから、聞き手がわかるように難しすぎる表現を避けて、例えば中学生でも理解できるような簡単な説明を心がけたつもりだった。それが功を奏したのだ。

どうやら僕は、英語力だけでなく、聞き手にとってわかりやすく説明する能力が優れている（凸）らしい。こうして僕の長所だと思われる能力が周りに認められると、それが自信につながるものである。これはありがたいことだと思った。

思えば大学入学前に比べてかなり自信がついてきた。ついに留学を決意するほどにまでなったのだから、このことをかつての僕に伝えても信じてくれないかもしれない。

僕は、前に向かって確実に進んでいた。

奨学金の面接で、初めて東京へ

僕が留学を決意した理由の一つに、貸与型ではなく給付型の留学奨学金があることを知ったことがある。つまり、留学のために奨学金を受け取ることができて、それを後に返す必要がないのだ。これは、僕が留学を躊躇していた理由の一つである経済的な理由をクリアすることに一役買うものになりえた。

多くの奨学金を得るためには、書類審査や面接を突破する必要があった。僕は先生方の力を借りながら、入念に書類を準備した。その結果、書類審査を無事に通過することができた。

面接は東京で行われた。全国から、留学を希望している学生たちが集うのだ。

面接の当日、朝早く飛行機で長崎空港から羽田空港へと移動した。初めての東京、見るもの全てが新鮮だった。空港でこんなにも大きさがあるのか、と圧倒された。そこから面接が行われる品川へと移動した。品川駅もかなりの賑やかさで、またしても圧倒されてしまった。長崎と違う雰囲気に驚いたうえに、面接に対してどうしても苦手意識を抱えてしまっている僕は、すっかり緊張してしまっていた。

面接が始まった。まずは、個人面接である。事前に提出した書類をもとに、疑問点を面接官がいろいろ尋ねる。尋ねられた質問に関して、僕は的確に答えることができない。

「イタリア語はできるの？」

面接官は、強気の態度で僕の意志の強さを試している。僕の英語力は悪くないはずで、現地での授業も英語で行われる留学なのであるが、どうしても現地語の重要性があるのだろう。

「現在勉強中です。現地でさらに身につけるつもりです」

面接官は、なるほどと頷いた。その後も質疑応答が続く。

「この奨学金を受けられなかったら、もう君は留学には行けないのかな？」

「いえ、少ない金額であれば、別の奨学金がありますよ」

僕は、正直すぎたのである。大学が用意している、成績優良者であれば受けられる、別の留学奨学金のことを話してしまったのだ。その奨学金でも、少ない金額にはなるが最低限度の留学生活は可能だろうという考えがあった。この後も、様々な質問は続いた。

「以上です、お疲れ様でした」

「ありがとうございました」

僕は、やってしまった、と思った。どうしてもこの奨学金を受けたいことを、たとえ演技がかってしまっても面接官に伝えるべきだったのだ。正直に別の奨学金のことを言ってしまっては、ではそちらの奨学金でどうぞ、と思われてしまうのは当然だ。

後になってからだとこのように冷静に考えることができるのであるが、僕は臨機応変に面接に対応することがうまくできない（凹）。訓練次第で、ある程度対応はできると思うが、臨機応変な対応が苦手な気質は根本的には変わらないのだ。

とはいえ、過ぎてしまったことはしょうがない。気分を切り替えて、続いて行われる集団面接に臨んだ。

集団面接では、グループのそれぞれのメンバーが留学内容を他のメンバーに説明して質問を受ける第一部と、グループのメンバーで協力してその場で与えられた問題に対して解答を出す第二部に分かれていた。

僕は、グループの中で居心地の悪さを感じていた。グループメンバーで僕は唯一の男性であり、他は全員女性だったのだ。女性と会話をすることにあまり慣れていない僕は、終始ぎこちない雰囲気で集団面接を進めることになってしまった。しかし、当然ながらこんなことは言い訳にはならない。実力不足の範疇《はんちゅう》だろう。個人面接に続き、集団面接でもしくじってしまった。両方、自己採点でも落第点をつけてしまうほどだった。

後日、面接の結果がわかった。やはり不合格であった。残念な結果である。書類審査には自信があったものの、面接審査に大きな問題があってのこの結果だということはよくわかっていた。しかし、僕はこの面接で、落とされるべくして落とされたと現在は考えている。この奨学金では、合格者は壮行会などのイベントに参加しなければならず、合格者同士での交流を大事にしなければならなかった。人づきあいがあまり得意ではない僕にとっては、得られる奨学金以上の負担を強いられてしまう可能性があった。

結果的に残念な結果に終わった面接ではあるものの、これによって留学ができなくなったわけではない。僕が面接官にうっかり話してしまった別の奨学金を受けられることになったのだ。経済的には豊かな留学ではなくなるものの、その分お金で買えない経験をしてやろう、と心に誓った。

マイペースな、東京散策

先ほどの面接時に話を戻そう。面接はその日のうちに終わるため、日帰りで帰ることもできた。しかし、初めての東京である。次の日は休日であったため、一泊二日の日程で二日目は東京散策をすることにした。

宿泊するビジネスホテルは田町にある。面接会場のある品川から山手線で一駅の距離だ。僕は面接を終えると、電車には乗らずに山手線沿いの道を徒歩でホテルへと向かった。僕は散歩好きで、歩いて街並みを見て回るのが好きなのである。余談だが、山手線といえば、一九六四年発表の小林旭の『恋の山手線』という歌を気に入っている。軽快なメロディーのおかげで、山手線の駅名を、この歌の発表当時になかったものまで含めて全部覚えることができた。徒歩で移動したため山手線には乗らなかったのだが、初めて乗るときにはこの曲が頭の中で鳴り止まないことだろう。この軽快なメロディーを作曲したハマクラこと浜口庫之助は、昭和の歌謡曲の作家の中でも特にお気に入りだ。

このようなことを頭の中で考えているうちに、僕はホテルに到着した。面接で疲れ果ててホテルの部屋に入った後は、爽快な気分だった。僕はコンビニで買ってきた食事とともに、ビジネスホテルの部屋の中で明日の計画を練るのだった。

翌日、僕は早朝五時に目が覚めた。その日の十八時には羽田空港に着いておかなければならないため、精一杯の時間を東京散策に充てるために早起きをした。

田町のホテルを出て、再び山手線沿いに僕は歩いた。浜松町を通り過ぎてしばらくすると、最初の目的地である新橋に到着した。いつもテレビの画面で見ていた景色が、そこにはあった。続いて、銀座や有楽町を歩いた。この二つの街を題材にした歌謡曲を気に入っている僕は、気分が高揚した。若者の街といえば渋谷や原宿かもしれないが、おそらく僕にとっては新橋や銀座、有楽町のほうが居心地が良さそうだ。相変わらずマイペースな僕である。

その後も、東京駅、神保町、後楽園、秋葉原などを歩いて巡り、上野にたどり着いた。ここでは、少し遅い昼食をとった。上野公園を見物したあとは、浅草まで歩いてかの有名な雷門の大提灯を見物した。ここで初めてわかったのだが、この大提灯は松下幸之助によって寄進されたものだそうだ。一年生のころ、入門ゼミで松下幸之助について発表したことを思い出す。

それにしても、下町は風情がある。機会があれば、寅さんの舞台となった柴又や、その近くの両さん（漫画『こちら葛飾区亀有公園前派出所』の主人公）の舞台となった亀有も訪れたいものであるが、今回は時間的に無理だった。浅草見物のあとは、東京スカイツリーまで歩いた。

　そこからシャトルバスで羽田空港へ向かった。一泊二日ながら密度の濃い旅を終えて帰路についたのだった。二日目は、今までで最も歩いた一日かもしれない、と思えるほど電車にも乗らず歩き続けた。

　羽田へのバスでは、東京に関する歌をいろいろ聴いていた。マイペースな東京散策をした僕にとっては、一九七四年に発表されたフォークグループ、マイ・ペースの『東京』という歌が、特に思い出深い。

　この後日、面接が不合格だったことがわかったわけであるが、意識が高い学生たちに刺激を受け、初めての東京見物ができただけでも、成功といえるのではないか、と肯定的に考えた。

大阪ビザ物語

　東京での面接はうまくいかなかったものの、僕は成績優良者のための所属大学の留学奨学金を受けられることになった。そのため、今度は留学するためのビザを取得する必要があった。パスポートの申請は長崎でもできるが、ビザの申請に関しては大阪の中之島にあるイタリア総領事館に行かなければならなかった。

　初めての東京訪問から一カ月後、僕は大阪へと向かった。関西空港から梅田に向かうバスの中で、大阪に関する歌を聴き、気分を高揚させた。イタリア総領事館がある中之島に関する楽曲といえば、秋庭豊とアローナイツや内山田洋とクール・ファイブの『中の島ブルース』である。その後、やしきたかじんの歌を聴き終わったあと、次に何を聴こうかと音楽プレーヤーの画面を見ていると、ウルフルズの『大阪ストラット』という曲を見つけたので、これを再生した。この時、ちょうど梅田に到着しようとしている時であった。この曲の歌詞に梅田が出てくることを知らなかったため、曲が始まると僕は鳥肌が立ってしまった。

僕は梅田に到着してから歩き、中之島を通り過ぎて、肥後橋駅の近くにあるホテルにチェックインした。午後の便で大阪へ向かってから、もう夕方になっていた。ビザの申請は午前中に行われるため、日帰りで行こうとしても間に合わない恐れがあるということで、一泊して、翌朝に事前に予約した時間にビザの申請を行う必要があった。そのために、前日の午後に出発という日程だったのだ。

総領事館の対応は厳しいとの評判で、書類に少しでも不備があると再提出を求められることがある、という話を聞いていたので、僕は申請に必要な書類を念入りに用意していた。翌日になって、僕は、通勤で急いでいるらしく早歩きになっている人たちと一緒に早歩きで、イタリア総領事館へ向かった。ビザの申請の際は独特の雰囲気が漂っていて、緊張した。受付の女性が、僕の書類を受け取った。しばらくすると、この女性に呼ばれた。

「ビザができ次第、こちらの住所に郵送されます。これにて終了です」

どうやら、無事に申請が終わったようである。再提出を求められず、一安心だ。慎重に準備してきたからこその快挙である。不備がないよう入念に書類を準備する慎重さは、長所（凸）と言ってよいだろう。

申請が終わると、少しの時間梅田を見て回ってから、空港に行き、長崎へ帰ることにした。それにしても、梅田の地下街は迷路のように入り組んでいて、まるでダンジョンだ。どうしても道に迷ってしまう。新梅田食道街の雰囲気は趣があり、大いに気に入った。

今回は時間がなくて諦めたが、次回大阪に行く機会があったら、心斎橋や難波などにも行ってみたいものである。西成のディープな街並みにも興味はあるが、一人で行くことはやめておこう。

ESSからの卒業

僕は、ＴＯＥＩＣで八〇〇点台を叩き出したことなど、英語力に関してはＥＳＳのメンバーからの定評があったのだけれども、そのことはメンバーと仲を深めることにはつながらなかった。英語は、コミュニケーションをするうえでの道具という位置づけの存在であり、英語ができるからといってそれだけでは人々と仲良くなることはできないのである。

ＥＳＳでの会議などでうまく発言することができず、活動に意見を出すことができなかった。

僕は主要メンバーの中に入ることがいつまでもできず、主要メンバーが決めた活動にゲストとして参加する立場にすぎなかった。なにより、ＥＳＳでは英語を共に勉強する機会が与えられたものの、僕は一人で勉強したほうが効率が良い性格らしい。このことに気づいていた僕は、ＥＳＳの活動に参加する機会がどんどん減っていってしまい、いわゆる幽霊部員と化してしまいそうな状態だった。周りの部員たちも、他人に合わせることが苦手な僕との間に、どうしても壁のようなものを感じてしまっていたように思う。いつまで経っても僕が主要メンバーの中に入れなかったのは、互いに距離感がずっと存在していたからだろう。

このことは、僕がやはりグループで活動していくことがあまり得意ではない（凹）ことを示す例の一つとなった。

それに対して、一人で行動することには強い（凸）ので、このような自分の特性を理解し、約一年間の留学で日本を一時的に離れることを機に、ＥＳＳから距離を置こうと考えた。

僕は順調に学年が上がり三年生となった。そして学年が二つ上のトミーさんは、五年生になった。正確にいうと、四年生をもう一度やることになったようだ。つまり、留年したのである。どういう事情で引き続き大学に在籍することになったかを、僕は知りたいと思ったが、デリケートな問題なのでトミーさんに直接尋ねることはできなかった。

「すみません、ちょっとお時間よろしいでしょうか？」

僕は、トミーさんにＥＳＳと距離を置くことを伝えるために声をかけた。

「おっ、リック！　久しぶりじゃないか。なんだい？」

相変わらず、気さくな方である。トミーさんは、いつも僕をリックというあだ名で呼ぶ。

「僕のＥＳＳでの活動についてなのですが……」

僕は、トミーさんに留学で日本を約一年間離れることを機に、ＥＳＳでの活動を終えたいことを伝えた。

「そうか、今までありがとう。君は一匹狼ではあったが、英語力には僕を含めて周りのみんなはいい刺激をもらっていたよ。いなくなるのは寂しいけど、君が決めたことだから何も言うことはないよ。何かあったら、これからもよろしく！」

「はい。こちらこそよろしくお願いします！」

「グッド・ラック！」

トミーさんはこう言いながら、ウインクして親指を立てる動作をした。ちなみに、僕がＥＳＳで比較的関わることが多かった、同学年の通称ボブ君はオーストラリアに、通称ジュリアさんはカナダに、それぞれ留学中だった。彼らには、後日、僕がＥＳＳを離れる旨を伝えるメッセージを携帯電話で送信した。

英語力を周りに認められたからといって、人々と仲良くできるとは限らない現実を知ったことは、苦い経験であった。

語学力よりも、趣味や価値観など様々な要素を含めて相性が良くなければ、仲を深めることは難しい。これに加えて、人づきあいが得意ではないと、そもそも僕がどういう趣味や価値観をもつかを周りに伝えることも、周りの人々はどういう趣味や価値観をもつかを知ることも難しい。

独学を中心に英語を学べたほど、人に頼る必要がないことは長所（凸）ではあるが、僕も人間である。時には様々な人々と関わりたいという気持ちが芽生えてくるのである。

また、人を頼りたいときもあるのだけれども、どれくらいまで頼ってよいかを想像することが難しい。人は頼られると親しみを感じてそこから仲が深まる場合がある、ということを知っているものの、なるべく自分で何でもやろうと思ってしまい、人を頼れないのだ。

とはいえ、大学入学前に比べると、この時点で徐々に人づきあいができるようになってきたと思われる。そして、この後の留学では様々な国の人々と関わることにより人づきあいの方法に違いが生まれてくるのではないか、などと僕は考えていた。

母に見送られて留学へ出発

こうして、留学への準備も着々と進み、三年生の前期も、無事に試験が終了して全ての単位を取得することができた。毎回多めに科目を履修して、かつ落とさずにしっかり単位を取ったため、この時点で残す単位はゼミとその中で行われる卒業研究のみとなった。

交換留学では、留学先の大学で取得した単位でも、僕の所属大学で認められれば、卒業要件に必要な単位として認定されることがある。例えば僕の専攻に関係のある科目かつ、僕が履修していない科目を留学先で履修した場合、その単位が僕の所属大学の単位としても互換性を有することがあるのだ。しかし、僕は留学先で単位を取得する必要はないのである。このことは僕を気楽な気持ちにさせた。留学先では、ある程度の単位を取得することを目標としていたものの、仮に取得できなくても大丈夫なのだ。ただ、留学先で単位を取れれば、卒業後も残る成績証明書に記載され、良い思い出にはなるだろう。

荷造りを終え、留学先のイタリアへ向かうため、僕は長崎空港に到着した。母が見送りに来てくれた。家族のことを語るのはプライベートなことなので気恥ずかしいが、ここで少し語ることにしよう。

母は、僕が壁にぶつかってしまったときには、いつも救いの手を差し伸べてくれた。小さい頃に、僕が周りの子とは違いうまくクラスに馴染めなくても、それでも大丈夫だと僕に言い聞かせてくれた。今思えば、僕には優しく接してくれていたものの、陰では大いに悩んでいたことだろう。

小学五年生の時に僕が自閉スペクトラム症の診断を受けたことで、母は僕が学校に馴染めなかった原因が少しでもわかった、とホッとしていたようだ。発達症（発達障害）に関する講演会などにも、足を運んでいたようである。弟の世話に追われていたなか、勉強は苦手だと言いながら、子どものためならと熱心に勉強をしていたようだった。

僕が学校に行けない時があっても、無理に行きなさいなどとは言わず、柔軟に対応してくれた。学校の先生方にも事情を説明していたようだ。父にはそれほど僕のことを理解してもらえなかったことは残念ではあるが、母が僕の特性を理解したうえで大事に育ててくれたからこそ、僕はここまで来ることができたのだ。だから母に対する感謝の念に堪えない。そんな母と、この留学で約一年間ながら初めて離れて暮らすことになる。僕も寂しい気持ちだが、母のほうが寂しい気持ちは大きいことだろう。

いよいよ、約一年間ながら別れの時がやってきた。

「ありがとうね。そいじゃ、行ってくるけんね！（それじゃ、行ってくるからね！）」

「気をつけてね。いつも応援しとるけんね！（いつも応援しているからね！）」

母は涙ひとつ見せずに僕を笑顔で見送ってくれた。涙もろい母のことだから、僕の姿が見えなくなった後に泣きだしてしまっていたに違いない。かくいう僕もこの時は涙してしまいそうだったが、それをこらえて前に進んだ。

こうして僕は、長崎空港を出発した。そして、東京を経由してまずはヨーロッパでの経由地、フランスのパリへ飛び立っていったのだった。

＊＊＊

……バスの中での回想中にも、目が潤《うる》んできてしまった。母に対する感謝は、数えきれないほどある。その母と初めて離れることになった留学では学ぶことがいっぱいあった。これから始まる講演会でも、留学経験のことを話すつもりだ。

この先のことを回想しようと思ったが、バスは目的地に到着した。かなり時間に余裕がある。僕は近くにある喫茶店へ向かった。コーヒーを飲みながら、来るべき講演会で用いる資料を見ながらイメージトレーニングをしよう。

第四章

遥かなる異国の地へ

「お待たせいたしました、コーヒーでございます」

注文をしていたコーヒーがテーブルの上に置かれ、癒される香りが広がる。

僕は、自動販売機で買える甘ったるい缶コーヒーも、喫茶店で飲める本格的なコーヒーの香ばしい匂いもどちらも好きだ。喫茶店に入る前に、珍しくブラックの缶コーヒーを飲んだ。だから今度は砂糖とミルクを入れてみよう。

喫茶店は、コーヒーの匂いで充満している。これはこれは素敵じゃないか。特にこのような寒い季節にいただくホットコーヒーは、心まで温めてくれそうだ。

思えば僕のコーヒー好きが加速したのは、留学先でエスプレッソをこよなく愛したことも関係していそうである。あの濃厚なエスプレッソの苦味に慣れたおかげで、帰国してからもコーヒーの苦味をより楽しめるようになった。

さて、留学でどういうことがあったかを、講演会で用いる資料を見ながら思い出してみよう……。

＊＊＊

九月、僕は成田空港から留学先のイタリアへ向かった。

今回の旅路は、直接イタリアへ行くものではなく、フランスのパリを経由するものだった。

異国への第一歩、シャルル・ド・ゴール空港

こうして僕は、パリのシャルル・ド・ゴール空港へと降り立った。初めて海外の地を歩くことになる。見る景色が全て新鮮である。フランス語と英語の表記がある案内板をも、興味深く眺めた。

成田空港から十二時間の長いフライトだったが、僕は一睡もできなかった。もともと、乗り物の中で眠るのが苦手なうえに、初めての海外に胸が躍ってしまい、目を閉じていても眠れなかったのである。

このようなことを予想して、僕は直接このままイタリアへは向かわず、シャルル・ド・ゴール空港付近にあるホテルで一泊することにしていた。強い眠気に襲われながら、喉が渇いたので、飲み物を買おうと自動販売機に事前に換金しておいたお金を入れた。しかし、日本の自動販売機とは勝手が違い、どのように操作すればよいかがよくわからなかった。日本とは明らかに違う空港の雰囲気に圧倒されてしまい、周りの人々に自動販売機の操作について尋ねる余裕はなかった。もともと人に何かを尋ねるのが苦手なのだから、海外ではなおさらだろう。諦めて自動販売機からお金を取り出し、財布に戻した。

近くにある売店へ行き、「エビアン」と「オランジーナ」の二種類を購入することにした。両方ともフランス発の飲み物で、日本でも多くの人々に愛飲されている。特に「オランジーナ」は日本にいるときから大変気に入っていて、フランスに行く機会があったら本場のものも飲んでみたいと思っていた。会計を済ませ、店を出る。

「お客様！」

僕は店員の女性にフランス語で呼び止められた。飲み物を受け取らずに店を出ようとしていたのだ。よほど眠気や疲れがたまっていたのだろう。

「すみません、ありがとうございます」

大学でフランス語を少し勉強していたおかげで、簡単な表現であれば会話ができた。僕は今度は飲み物をしっかり受け取り、ホテル行きのバス乗り場へと向かった。このバスを待っている間も、気持ちが落ち着かなかった。疲れに加えて、初めての海外の地は刺激が強すぎたのだ。

ホテルへ向かうバスが到着した。僕はそれに乗り込んだ。心配なのが運賃だったが、誰も運賃を払っていなかった。あとで知ったことであるが、空港から近くのホテルへのシャトルバスは、無料で提供されているようである。

こうして僕はバスから降りて、ホテルに到着した。

安堵のホテルで、家族に報告

なんとかホテルに到着して、一安心して息をついた。当然ではあるが空港では店員はフランス語で話し、案内板も英語表記がないものがあったが、ホテルでは英語で対応してくれる。

受付を済ませて、僕は部屋へと向かった。

「お仕事で来られたんですか?」

ホテルの係員の若い男性が、エレベーターで僕に英語で尋ねた。

「いえ、留学ですよ」

僕は答えた。

「何を学ばれるんですか?」

「ビジネスについてです」

「良いご勉強を！」

「ありがとうございます！」

何気ない会話であったが、孤独感を感じていた僕にとっては気持ちが和むものであった。

こうして、部屋の中へたどり着いた。最初にやることは、宿泊客に提供されているホテルのインターネット回線を使って家族に連絡することである。家族、特に母はさぞ心配しているに違いない。

「無事にパリの空港近くのホテルに着いたよ！」

僕は、母にメールを送った。すると、すぐに返事が来た。

「おお、良かった！　イタリアまで気をつけて向かってね。いつも応援しとるけんね」

母からの温かいメールに、僕は感極まって大泣きしてしまった。母のありがたみを、離れてみて強く感じた。メールでは元気な文体だが、僕を心配していたところへ、僕から連絡が来て、母もきっと涙を流していたに違いない。しみじみと、僕は涙もろいところも母に似てきてしまった、と思った。

留学中を通して、母からの連絡には何度も励まされた。通信技術の発達により、海外にいながらも気軽に家族と連絡を取ることができるようになった。そのおかげで、留学中にホームシックになることはなかった。

ついに、翌日はイタリア入りすることになるのだ。これから始まる留学生活に思いを巡らせながら眠りにつく、海外での初めての夜だった。

チャオ、イタリア！

目が覚めた僕は、ホテルのチェックアウトを済ませた。

「さようなら、お客様！」

「さようなら、マダム！」

片言のフランス語で、ホテルの係員の女性に挨拶をした。

僕は昨日と同じバスに乗り、空港へと向かった。昨日の夜の空港は緊張感があったが、朝の空港はそれほどではない。昨日に比べると、この雰囲気に慣れている自分がいる。

こうして僕は、フランス・パリのシャルル・ド・ゴール空港から、留学先の大学があるイタリアのヴェネツィア近郊にある、マルコ・ポーロ空港へと飛び立った。

「ご搭乗のお客様へご連絡いたします」

機内アナウンスが、フランス語、イタリア語、英語の三言語で流れる。フランスからイタリアへの飛行機なので当然フランス語とイタリア語、それに話者が多い英語を加えた、ということだろう。フランス語は聞き取れなくて仕方ないにしても、イタリア語は帰りの飛行機ではある程度聞き取れるようになりたい、と僕は思った。

こうして、僕はイタリアの地を踏んだ。フランスとまた違って、今度はイタリア人やイタリア語に囲まれ、イタリアならではの雰囲気に新鮮味を感じて、気分は高揚していた。

僕は水上バスのチケットを購入しようと窓口を訪れた。寮の近くへ行くまでの移動手段だ。

「チャオ！」

窓口の係員は、気さくに挨拶をした。そういえば、いつか長崎の街でイタリア人たちに道を尋ねられたこと、あったっけなぁ、と懐かしいことを思い出していた。

「ここまでのチケットをください」

僕は係員に英語で返した。これをイタリア語で言えるほどにはまだ話せなかったのだ。係員にチケットを渡される。

「グラッツィエ！」

僕はイタリア語で「ありがとう」を意味するグラッツィエという挨拶をした。この程度の簡単なフレーズなら話せるのだ。

水上バスに乗り込んだ。窓からヴェネツィア周辺の街並みを覗《のぞ》くと、これから始まる留学生活のイメージが、より膨《ふく》らんでくる。

こうして、寮のすぐ近くまでたどり着いた。しかし、道が入り組んでいて、どうやって寮まで行けばいいかがよくわからなかった。近くにタバッキと呼ばれる売店があり、僕は道を尋ねようと中へ入った。そこには、五十代あたりと思われる女性が座っていた。

「すみません、道を尋ねたいのですが」

僕は英語で話しかけた。

「あなたの言うことがわかりません」

イタリア語での返事だった。どうやら英語が話せない方だったようだ。

「すみません……道……わかりますか？」

僕は、たどたどしいイタリア語で尋ね直した。しかし、僕の片言のイタリア語ではうまく道を聞きだすことができなかった。諦めた僕は、何も買わないで売店を出ることは申し訳ないと思い、ガムを買おうと思った。

「これ、いくらですか？」

「一ユーロよ」

留学前に覚えたイタリア語のフレーズで値段を聞くことには成功し、ガムを購入したのだった。この会話は、今でも印象に残っている。英語が通じず、現地の言語であるイタリア語がやはり大事だということを実感した。ヴェネツィアは観光客に大変人気がある街だから英語ができる人が多いと考えていたが、それが大間違いだった。やはり現地で生活するためには、現地の言葉を覚えることが不可欠だということを、この売店の女性は、僕に教えてくれた。

「チャオ！」

売店の女性は、気さくに僕に別れの挨拶をした。

「チャオ！」

僕も挨拶を返して、店を出た。

チャオは、カジュアルな場面での別れの挨拶であるとともに、出会いの挨拶でもある。

「チャオ、イタリア！」と僕は頭の中で、出会いの挨拶をした。

寮暮らしのはじまり

こうして、苦戦しながらもなんとか寮にたどり着いた。

いよいよ寮暮らしが始まろうとしていた。受付の係員と書類などの手続きを行い、いざ鍵を貰い、自分の部屋へと向かう。

「君の部屋は、一〇八、つまり一階だ」

係員は、イタリア訛りの英語で僕の部屋の階を教えてくれた。どうやら三つの数字の最初の数が階を表しているらしい。僕は、一階で部屋を探そうとして、はたと異変に気づいた。〇〇一、〇〇二、〇〇三、と一階にもかかわらず、部屋の番号がゼロで始まっているのだ。この事実を見つけた瞬間、なるほど、とひらめいた。僕は事前情報で、ヨーロッパでは建物の階層の数え方が日本と違うらしいということを知識として知ってはいたが、実際に部屋の鍵を渡されると、つい日本の感覚で部屋を探してしまっていたのだ。つまり、僕の部屋はイタリアでいう一階であるが、日本でいうと二階に相当する階に位置している。イタリアには、ゼロ階が存在するのである。このような文化の違いに衝撃を受けると、あらためて自分が海外にいるということを実感する。

僕は日本でいう二階にある部屋に足を踏み入れた。そこは天井が高めで、開放感のあるダブルルームの部屋だった。

僕はできればシングルルームが良かったのだけれども、ダブルルームにしたのには理由がある。家賃が安い、ということも利点の一つだが、なによりこの機会にルームメイトとの共同生活に挑戦してみたかったのだ。友人関係ではなく、あくまでもルームメイトという関係では、迷惑をかけず礼儀正しくしていれば大きなトラブルはないだろう、とも思った。

僕は授業前のオリエンテーションの日に対して余裕をもって、かなり早めに現地入りしていた。まだルームメイトは到着していないという。一体どこの国から来るのだろう、と僕は不安と期待の入り交じった気持ちで考えた。

この寮で、僕は約一年間過ごすことになる。親元を離れて初めての生活が、異国の地になるとは過去の僕に言っても信じてくれないだろう。やはり親元を離れると、親のありがたみがわかるものである。それまで親がやっていた食事や洗濯などを自らがやらなければならない。それに、僕の場合は、普段から会話を交わすことで母が僕の心理的な支えになってくれていたことを強く実感した。

食事会にて歌声を披露

授業開始前の留学生歓迎イベントの一環として、三十人程度での食事会が行われた。場所は、ヴェネツィア本島から少し離れたところにあるリード島という島である。この島は、毎年八月から九月にかけてヴェネツィア国際映画祭が開催されることで有名だ。

ピッツァやラザニア、カルパッチョといった料理に舌鼓を打ちながら、ワインとともに会話を楽しんだ。周りからは僕は冷静に見られたかもしれないが、気分は盛り上がっていた。それを表現することは苦手であるが、僕なりに食事会を楽しんでいた。

「何をすることが好きなの？」

この食事会の実行委員のイタリア人の女子学生が、僕に尋ねた。

「歌うことかな」

僕は、歌うことでストレスを発散することが好きだ。しかし、一人でいるときに歌うことが多く、他人と一緒にいるときに歌うことは恥ずかしく躊躇していた。

「本当？　日本の歌を何か歌ってよ！」

ここで普段の僕であれば、その要望を断って、歌わないことだろう。しかし、その場の雰囲気や料理に加えて、ワインで酔っていたこともあり、僕は応じた。

皆の前で、坂本九の『上を向いて歩こう』を歌ったのである。

「わぁ、ブラボー！」

僕が歌ったことで会場は盛り上がり、食事会の雰囲気は和やかになった。

だが、この曲を知る学生は日本人を除いては、いなかった。『上を向いて歩こう』といえば日本国内のみならず『ＳＵＫＩＹＡＫＩ』として海外にも知られている名曲なので、比較的海外の方にも知名度があるだろう、との選曲であった。しかし、この曲が発表されたのは五十年以上も前だし、日本国内ではスタンダード・ナンバーとして現在も広く歌い継がれているものの、海外では若い世代には知名度が低いのかもしれない。

この後も僕は、ビートルズやフランク・シナトラなどのスタンダード・ナンバーを披露した。僕の歌唱力はさておき、歌うことは場を盛り上げる材料となった。

大勢の前で話すことに比較的抵抗を感じない僕は、大勢の前で歌うことも、同様の感覚なのかもしれない、と思ったのだった。

この食事会では、イタリア人学生との交流を楽しめた。アルファベットのRの発音が、巻き舌になると本格的なイタリア語の発音になるのだが、この時点では僕は巻き舌をうまくできず、その練習で場が盛り上がった。

こうして、食事会を通して、留学先の雰囲気に慣れていった。

ルームメイトが到着

もうすぐ授業前のオリエンテーションが始まろうとする頃、僕のルームメイトが到着した。おそらくヨーロッパ系の、見た目は爽やかな好青年である。早速、ルームメイトは僕に話しかけた。

「やぁ、僕はアンドレス！　はじめまして！」

「やぁ。よろしく。どこの出身？」

「スペインだよ。君は？」

「日本だよ」

僕のルームメイトのアンドレス君はスペインから来たのだった。スペイン訛りを感じさせず、流暢な英語を話す。スペインにありながらも授業が英語で行われることが多い国際的な大学に在籍しているという。

その後、どのように部屋を使っていくかについて互いの意見を交換し、二人で考えた。そして近くの店に行き、共同で使う道具などの買い出しをした。アンドレス君は、イタリア語で書いてある説明書きを、だいたいは理解できるようであった。

「スペイン語とイタリア語って、似てるんだよね？」

「うん、かなり似てるよ」

スペイン語が母語であればおそらく似ているイタリア語はかなり学びやすいものだろうと思った。

このあと、僕は既に食事会で知り合っていたイタリア人学生たちにアンドレス君を紹介した。

「やぁ、スペインから来たんだね、俺はミケーレ。よろしく！」

このイタリア人学生たちの一人、ミケーレ君は、スペイン語がある程度できるらしく、スペイン語で会話を繰り広げていた。

イタリア語やフランス語、スペイン語などのロマンス諸語といわれる言語を母語とする人々は、互いの母語を話してなんとなくわかる感覚を楽しむ人々もいるらしいという話を聞いたことがある。勘違いをする可能性があるため注意が必要だが、確かに楽しそうである。

こうして、僕はスペインから来たアンドレス君と約半年間過ごすことになった。

授業開始、ここでも文化を知る

いよいよ、留学先の大学での授業が開始された。

授業は全て英語で行われるものを選んだ。日本で専攻していたビジネスについての科目を、引き続きこちらでも学ぶことになる。とはいえ、日本で取得すべき単位をゼミと卒業研究以外は全て取得できたため、必ずしも単位を取得しなければならないわけではないので、安心した気持ちで授業に臨むことができた。

僕は、最初の学期ではゲーム理論や確率論についての授業を履修した。僕の学部は四学期制であり、一年が四つの学期に分けられていた。

それに加えて、留学生向けのイタリアの歴史の授業と文化についての授業の二つを履修した。これらの授業は、四つの学期の最初の二つ分の学期が使われた。

僕が驚いたのは、授業のペースの速さだ。教科書を読んである程度勉強してきたことを前提に授業が進むため、予習・復習を欠かさず行っていなければとてもついていくことができない。イタリアに限らず海外の大学は、入学をすることは簡単だが、それに比べて卒業することが難しく、留年や退学をする学生が多いといわれている。なるほど、確かに卒業することは難しいことだろう、と思ったくらい授業のペースが速い。図書館は毎日学生でいっぱいだった。日本の大学は入学することが難しく、それに比べて卒業することはそれほど難しくないらしい。日本との違いに衝撃を受けた。これは制度の違いなのでどちらのほうがよいかは僕にはわからないのだが。

イタリアでの大学の授業でもう一つ僕が驚いたことがある。学生たちが堂々と鼻をかむのである。日本では、人前で鼻をかむことは慎んだほうがよく、その代わり鼻をすする学生が多い。しかし、イタリアでは鼻をすすることが逆に嫌がられる行為であり、鼻をかむことが奨励されているようであった。

　また、まさにイタリアらしいと思ったのは、僕が道を歩くと男女がキスをしている場面によく遭遇したことであった。さらには、僕が図書館で勉強していると、図書館でも唇を交わして熱い挨拶をする男女がいたことには驚きであった。

　このような文化の違いを知り、僕はいわゆるカルチャーショックを受けた。しかし、多様な文化に触れることで、いろいろな人がこの世界にいるということを知ることができ、非常に興味深い経験ができたと思っている。

日本語を学ぶ学生との交流

　留学先の大学は国際交流が盛んであり、外国語を学ぶ学生も多く在籍していた。なかには、日本語を学ぶ学生もいた。

　日本語を学ぶイタリア人学生たちによって、日本人学生との交流会が開かれていて、僕はこれに参加した。

　場所は、学生たちの飲み屋街として人気の地区であった。ここでは、学生たちが毎晩のように盛り上がっており、若い活気がある。

「はじめまして、私はロベルトといいます」

「私はキアーラです」

イタリア人たちが、綺麗な発音で日本語を話している。確かに発音の面では、イタリア人にとって日本語は学びやすい言語かもしれない。僕がイタリア語を勉強していて思ったことは、イタリア語は英語に比べて発音が簡単なことである。巻き舌は難しいものの、それ以外では発音に規則性があり、かつ日本語にある音で対応できることが多い。

ただ、その習熟度はそれぞれであり、ロベルト君やキアーラさんのような日本語が上手な学生から、試験に出るものだけを覚えて実用的な日本語を身につけていないような学生まで、幅広くいる。ロベルト君の話によると、日本のアニメやドラマなどが好きで、日常的に日本語に触れて楽しんでいる学生のほうが日本語が上手な学生が多いそうだ。やはり、言語は実際に触れて楽しまなければ上達しないのだろう、と僕は実感していた。

僕自身も、英語に関しては、教材に加えて洋画や洋楽などで実際に英語に触れることで身につけた部分が大きい。僕はイタリア語も、歌などで楽しみながら事前に勉強してこの留学に臨んだ。語学はあくまでも道具なので、実際に使って楽しまなければ身につかないのだろう。何より僕が驚いたのは、この会ではほとんど日本語のみで会話が成り立つことだ。それだけこの会に参加するイタリア人学生は意欲的に日本語を勉強していたのだろう。また、卒業することが難しい大学の制度上、日本語の授業も高いレベルの試験を課されているのかもしれない。

僕も、彼らに負けずに、イタリア語をある程度習得して帰りたいものだと、あらためて考えた。

カナダ人夫婦との交流

授業が始まる前に、僕は大学から興味深いメールを受信していた。この街で教えているカナダ人教授から日本人学生たちに宛てられたメールだった。丁寧にも、英語、日本語、イタリア語の三つの言語で書いてあった。日本語に興味があって勉強しているらしく、日本人学生と交流したい、とのことだった。

僕はこのメールに日本語と英語で返事をして、後日この教授と街にあるカフェで会った。

「こんにちは、はじめまして」

「おお、来ましたね。私はビリーです、よろしく」

流暢な日本語の挨拶だった。ビリーさんはカナダ出身で、もうすぐ還暦を迎えるという。この街で美術史について研究し、学生たちに美術を教えている。長年イタリアに住んでいて、イタリア語を日本語よりもさらに流暢に話す。日本語は趣味で勉強中なのだった。

僕はビリーさんに日本語を教え、ビリーさんから僕はイタリア語を教わった。ビリーさんが外国語としてイタリア語を勉強した経験から学びたいと思った。

ビリーさんとは、毎週のように交流が続いた。二回目以降は、ビリーさんの奥さんのオリビアさんも同席し、会話を楽しんだ。オリビアさんもビリーさんと一緒にカナダからイタリアに引っ越してきて長年住んでいるそうで、イタリア語を流暢に話す。オリビアさんは日本語がわからないため、時折英語で会話をした。

ビリーさんは、日本の音楽に関心があるとのことだったので、僕が気に入っている曲をメールのやり取りの中で紹介した。一九一五年発表の、まさにここヴェネツィアのゴンドラを連想させる流行歌である『ゴンドラの唄』を皮切りに、一九一〇年代から二〇一〇年代までの邦楽のヒット曲の中から、各十年代ごとに一曲ずつ紹介したのだった。

後日、ビリーさんは僕が選んだ曲を大変気に入ったらしく、音楽の趣味が合うと言ってくれた。還暦を迎えるビリーさんと音楽の趣味が合うのだから、やはり僕の音楽の趣味は上の年代寄りなのだ。大学で同年代の学生とのカラオケで盛り上がれなかったことを気にはしていたが、上の年代の人々と音楽の話で盛り上がりやすいことは、ある意味強み（凸）である。

このときも、自らの個性をあらためて認識したのだった。

イタリア人学生とのプレゼンテーション、企業訪問

四つの学期のうちの一学期が終わり、十一月、二学期が始まった。

二学期では、期末試験のみではなく、プレゼンテーションなども行う科目を受講した。

経営管理についての授業では、イタリア人学生たちとグループでプレゼンテーションを行うことになった。教科書に載っている架空の企業についてグループで分析し、この企業が成長するには何が必要かを理論的に示すというものだ。

僕は、自らが担当している部分の原稿を黙々と書いていた。

「君の集中力、すごいね！」

同じグループのある学生にそう言われた。やはり僕は、何かに没頭してしまうとかなりの集中力を発揮して、要求された以上の原稿を知らず知らずのうちに仕上げてしまうのである。やはり、集中力は僕の強み（凸）であろう。一度取りかかった作業があると、周りが見えなくなるほどそれに熱中してしまう。

この授業自体は英語で行われるものの、授業時間外でのグループによるプレゼンテーションの打ち合わせはほとんどイタリア語だった。というのも、五人グループのメンバーは、僕以外全員イタリア人なので、僕に配慮してずっと英語を使うより、イタリア語で打ち合わせをしたほうが彼らにとっては楽なのだ。僕は、まだ留学期間の前半だったこともあり、ほとんどイタリア語の会話を聞き取ることができなかった。疎外感を感じて寂しい気持ちになってしまった。

とはいえ、母語でない英語を使うのは明らかに他の学生にとっては非効率的なため当然のことであり、納得できる。同じグループの学生たちと基本的な挨拶などはイタリア語で会話ができていたものの、授業の打ち合わせという高度な会話にはまだまだ対応できていなかった。もっと現地の言葉であるイタリア語を勉強しなければと思った。

「打ち合わせで他の学生がイタリア語で話しているので、混乱してしまいました！　これも勉強ですね」

僕は、このプレゼンテーションの際、英語でこのようにジョークを飛ばして、笑い声で場を和ませた。

思い返すと、日本でのグループでのプレゼンテーションではそれほどうまくいかなかった。それに比べると、イタリアでのプレゼンテーションは、そもそも僕が外国人という特殊な存在であったため、それに周りの学生が配慮してくれて受け入れられやすかったと思われる。

また、この授業では企業訪問が実施された。

大学の近所にある革製品の企業へ訪問することになっていた。一人の学生が集合時刻に現れず、貸切バスの出発ができず待っていた。十分ほど待つと、この学生が到着した。この遅刻した学生は責められるかと思いきや、周りの学生に、まるでスーパースターが登場したかのような笑顔や拍手とともに迎えられた。

イタリアでの時間の感覚では、遅刻は日常茶飯事で、周りの学生も慣れているため、このような寛容な態度で迎えたのだろう。そういえば、駅の案内表示に「遅延」という欄があったことを思い出した。それくらい、時間通りに乗り物が動かないことがよくある文化なのである。

僕も、郷に入っては郷に従えの精神で、この学生を拍手で迎えた。日本とイタリアの文化の違いを受け入れたのだ。

企業に到着し、工場見学が行われた。ここでも言語的問題があった。英語ができる職員が二、三名しかおらず、留学生を含めたグループに対する工場案内では、この英語ができる職員が通訳になり、苦戦しているようだった。

「すみません。通訳、これで大丈夫ですかね？」

謙虚な姿勢で聞いてくる。通訳の、流暢ではないながらも頑張って英語を話している感じが伝わってきた。やはり、外国語として英語を習得することは、どこの国でも簡単なことではない。幸い、僕は語学の習得がしやすい性質のようであるけれども、他には苦手なことがたくさんある。英語がそれほど話せない人々に対しても寛容でありたい。

きっと、うまくいく

二学期には多国籍企業についての授業を受講していた。

この授業でも、グループでのプレゼンテーションやディスカッションが行われた。レポートなどの課題も多く課される。その課題の一つに、教材用の映画を観たことを踏まえて与えられた問題を解いていく、というものがあった。

僕は、課題のためにその映画を視聴した。それは、アメリカ人が派遣されたインドで文化の違いを徐々に受け入れながらビジネスを成功させていく物語であった。この映画では文化の違いに焦点が当てられている。そのテーマの性質上、インドの文化が取り上げられているのを観て、僕は前に観たあるインド映画を思い出した。

『きっと、うまくいく』というインド映画だ。これは主にインドの大学を舞台としている映画であり、笑えるギャグや涙を誘うシーンに加えて、受験戦争や若者の自殺など重い社会問題についても取り上げているため、楽しみながらも考えさせられる映画である。この映画のランチョーというキャラクターの、社会の常識を疑いながらマイペースに自らの興味があることを追求する生き方に、僕は影響を受けた。今まで観た映画の中ではおそらく五本の指に入るほどのお気に入りの映画である。

僕もこの時、イタリアでまさに文化の違いを受け入れている最中であった。日本にいるときは何事も重く考えがちな傾向にあったが、イタリアに留学したおかげでそれが少しは緩和され、気楽に生きることができるようになったと思われる。なんといっても、イタリア人たちには笑顔を作ることが上手な人が多く、こちらまで笑顔にさせてくれるのだ。彼らの楽しそうな様子を見ていると、僕ももう少し気楽に生きていいのだと思わされた。この留学を通してポジティブに考える比率が増えたようだ。もちろん、ネガティブに考えてしまうことはあるのだけれども。

僕もこのイタリアで、これからの人生「きっと、うまくいく」とポジティブに生きることができるようになってきたのである。それにしてもイタリアにいながら前に観たインド映画のことを思い出すことになるとは、予想外のことだった。

ポジティブに考え方を変えることによって、今後の人生が良い方向に向かっていくと信じる気持ちが芽生えていた。

いつまでも飽きないヴェネツィア散策

僕が留学したヴェネツィアは、自動車が通行できない街であり、主な交通手段は徒歩やヴァポレットと呼ばれる水上バスに限られる。自動車の運転が苦手で、かつ散歩が大好きな僕は、ヴェネツィア独自の街並みを散歩することを大いに楽しんだ。

まるで絵画のように美しい街並みは、何度同じところを歩いても新たな発見があり、僕はいつまでも飽きることがなかった。あまりにも気に入ったため、水上バスで通学していたのを途中から一部を徒歩に切り替えたほどである。運動になり、かつ目の保養になる一石二鳥な通学であった。

ヴェネツィアの名物といえば、ゴンドラと呼ばれる小舟である。観光客として訪れたわけではないので僕は乗らなかったのだが。

船頭が運河を進むゴンドラに乗って気持ちよく歌っている。これはまことに風情のある光景であった。月夜にカップルを乗せたゴンドラを見ると、まさに山口百恵の『夢先案内人』という歌を連想させる。

ヴェネツィアの中でも特筆すべきは、この街で最も人気のある観光地であるサン・マルコ広場である。数百年も変わらないその佇《たたず》まいは、あのナポレオンも絶賛したほどである。

ヴェネツィアに長く滞在しているあいだに、僕はこの広場のさまざまな表情を見ることができた。アックア・アルタと呼ばれる現象が起こると、水位が上昇することにより標高が低い広場は水浸しになる。人々が移動するには、臨時に作られた足場を移動するか、長靴を履いて水の中を歩くかしなければならない。普段とは違った趣を広場は見せてくれる。

また、サン・マルコ広場で思い出深かったのは、霧が濃かった日のことである。二学期のこの日は授業が終わると、いざ往かんと僕は広場に繰り出した。夜霧という言葉が往年の歌謡曲によく出てくるため、見てみたいと思っていたのだ。

サン・マルコ広場に到着すると、僕は鳥肌が止まらなかった。ただでさえ美しい広場が、夜霧により独自の幻想的な雰囲気を醸し出していたのである。霧により、呼吸をする空気も湿っており、そのことが僕の中でムードを盛り上げた。あまりにも感動して、途中からは小声で歌い出してしまっていた。

サン・マルコ広場のほかにも夜霧のヴェネツィアを散策したが、普段の街並みやゴンドラとは一味違う趣があり、普段の散策以上に楽しむことができた。

この夜霧の日が、僕のヴェネツィア散策で最も印象に残った。写真では味わうことができないあの独特な雰囲気は、僕の一生の宝物だ。

ビリーさん、オリビアさん、ありがとう

こうして二学期の試験が終わり、年末を迎えた。

残念ながら、ビリーさんは奥さんのオリビアさんと共に、故郷のカナダに帰るという。僕はこの夫妻のイタリア生活最後の年に初めて会ったことになる。ビリーさんたちと最後にお会いすることになったのは、僕のいつもの通学路にあるレストランだ。

「ビリーさんとオリビアさんと、今日でお会いするのは最後になりますね」

「ついにこの時が来ましたね」

ビリーさんが日本語で言う。日本語がわからないオリビアさんも、ビリーさんの隣で穏やかな笑顔で佇んでいる。時々、オリビアさんとも英語で話した。

「君なら、将来もうまくやっていけますよ!」

「ありがとうございます、ビリーさん!」

「こちらこそ、ありがとうございます!」

ビリーさんは、僕が丁寧な日本語でわかりやすく会話の相手をしたことを賞賛してくれた。

日本のような根強い年功序列の概念がない文化の方なので、四十歳近く年齢が離れていた僕に対しても対等に接してくれた。

ビリーさんはこのレストランの常連らしく、特に気に入っていた魚のスープをおすすめしてくれた。

「とても、美味《おい》しいですね」

「そうですよね。私のお気に入りです」

濃厚なスープで、さまざまな具材の出汁《だし》が出ていて、いかにも体に良さそうな味だった。

「スープにこのパンをつけても、美味しいですよ」

「本当ですね！」

ビリーさんおすすめの食べ方にならうと、これがまた絶品であった。

「ちなみに、私はつけないのよ。別々に食べたほうが美味しいから」

オリビアさんが英語で言った。なるほど、僕もビリーさんと同じくパンをつけたほうがいいが、そうじゃない人もいるんだなと思った。

「つけないなんて、おかしな人ですよね」

ビリーさんが日本語で僕に言う。

「今、私のことを話したでしょ？」

「さぁ？」

オリビアさんはすぐに自分のことを話されたと気づいた。ビリーさんはとぼけているが、どうやら日本語がわからなくてもオリビアさんにはお見通しのようだ。なんと仲の良い夫婦だろうか。微笑ましい二人のやりとりだった。

こうして、食事を終えて、本当に最後の別れがやってきた。

僕は、二人に別れを告げた。

「これで、本当に最後ですね」

「そうですね、ビリーさん。今までありがとうございました」

「オリビアさんも、ありがとうございました」

「いえいえ。これから頑張ってね」

この夫婦との関わりは、留学生活の中でも印象に残っているほうである。人生経験豊富な年長者と話をすることは、興味深い。僕は比較的、同年代の人々より、年上の人々と話すほうが話をしやすい傾向にあるのだ。

留学生活で最大の問題

僕は留学生活中で最大の問題に遭遇した。年末年始の過ごし方についてである。

留学中に住んでいた寮は、年末年始には職員が休みをとるため、学生たちは帰省するなり、旅行に行くなりして寮の外で過ごさなければならなかった。

ルームメイトのアンドレス君は、故郷のスペインに帰った。他の学生たちも、帰省したり、友人と旅行したりしている。僕は、年末年始に旅行を計画できるほどの友人関係には恵まれていなかった。様々な学生と知り合うことはできたものの、その仲を深めることがやはりできなかったのである。かといって一人旅をすることは厳しい。人づきあいが得意ではないうえにマイペースに行動してしまう僕は、治安の悪い、危ない地区に立ち入ってしまう可能性を否定できない。幸いこの街が治安がかなり良い街だから留学を決めたくらいである。

そしてまた、帰省もできない。一旦帰ってしまうと、せっかくイタリアモードになった気分がリセットされてしまうことを恐れたのだ。

考えた結果、この街にあるユースホステルに年末年始の期間泊まることにした。一泊あたり約三千円である。十日間で約三万円の出費となってしまった。僕は寮からユースホステル滞在に必要な一部の荷物を取り出し、わずか数百メートル先にあるユースホステルへと向かった。

受付係が驚いた表情で手続きをする。

「十日間……ですね」

「本当かよ！」

隣にいた客の壮年期の男性がビックリしていた。おそらく、僕のようなケースは稀なのだろう。一部屋に多くのベッドが置かれているドミトリールームと呼ばれる形式で、自らのスペースはベッドのみという部屋だった。さすがに高いホテルに十日間泊まるのは出費が多すぎる。我慢せざるを得なかった。もっと調べれば長期宿泊の割引などがあったかもしれないが、終わったことを悔やんでもしょうがない。こうして、僕はこのユースホステルで、十日間過ごすことになったのである。

宿泊の手続きを済ませると、僕はユースホステルにあるカフェで、パニーノ——イタリアのサンドイッチのようなもの——を一つ食べ終わり、エスプレッソを飲みながら来年のことを考えた。今回の状況はこの砂糖が入っていないエスプレッソのように苦い状況だ。人生はそんなに甘くない。苦い人生だけれど、次の年はいいことがある、と言い聞かせながら、エスプレッソを飲み干した。それにしても、僕は人生をコーヒーに例えるのが好きである。

早く年末年始の期間が終わってほしかった。大学の図書館も開いていない。暇つぶしをする場所が限られているのだった。

旅行に来た中国人学生との出会い

ユースホステル生活中、部屋の中は窮屈なため、暇つぶしに街中を散歩した。時にはカフェに寄り、時には観光客気分で観光地へ行き、歩き疲れたときには水上バスで部屋へ戻るという生活をした。

その日も、部屋へ戻ろうと水上バスに乗った。水上バスの船内で立っている人の中に、気になる青年がいた。アジア系の青年で、僕と雰囲気が似ていなくもない。なにか気になりながらも僕は水上バスを降り、ユースホステルの部屋へと戻った。

それから二十分後くらいだろうか、その青年が同じ部屋に来たのである。

「あっ、さっき水上バスにいた人かな？」

その青年が、僕に英語で話しかけてきた。どうやら向こうも僕に気づいていたらしい。

「あ、さっきの人ですね。これは偶然ですね」

僕も英語で応じた。青年は中国人の修士課程の大学院生だった。もともと中国からオーストラリアに正規の学生として留学したうえで、ポーランドに交換留学で行っているという。つまり留学先からさらに交換留学する、ダブル留学である。そのポーランドから、イタリアに年末年始の一人旅に来た、ということだった。

「実は僕、特別なケースで、もともとここの学生なんですが年末年始寮を追い出されちゃったからここにいるんですよ」

「それは大変だね。俺もここに三日泊まるから、その間よろしく！」

このユースホステルの部屋を、いろいろな国の宿泊客たちが出入りするなか、特に交流することができたのが、この青年、張《ちょう》さんだった。僕は、現地にある程度滞在した経験を活かして、張さんにこの街を案内した。サン・マルコ広場やリアルト橋、アッカデーミア橋などヴェネツィアの主要な観光地を巡った。さらに、観光客があまり来ない大学周辺のエリアも紹介した。張さんも旅を楽しんでくれた様子だった。

張さんは、僕と見た目の雰囲気は似ているものの、僕よりも自信ありげに見えた。もともと、僕と同じくパーティーなどを好まない、おとなしく内向的な性格だと思われる。なおかつ自分自身を深く理解し、さらに家族や恋人想いのようであった。

僕も張さんのように家族想いにならなければと思い、普段から母に連絡をしているものの、この日はより力を入れて、日々応援してくれていることを感謝する気持ちを伝えた。

張さんは日本語を少し勉強したことがあるらしく、簡単な単語であれば知っていた。僕もほんの少しながら知っている中国語を頭の中から引っ張り出し、会話を盛り上げた。

三日間はすぐに過ぎた。

張さんとの別れの時がやってきた。高速バスの時間に遅れそうだったので、僕が地元の人々が知る近道を一緒に歩き、無事にバスターミナルに到着した。

「バスの見送りにまで来てくれて、ありがとう！　幸運を祈るよ」

「こちらこそありがとうございます。また会いましょう！」

こうして、僕は張さんと別れを告げた。年末年始に狭い部屋で過ごさなければならないなか、このような出会いがあったことは、心の支えとなった。

予想外の出会いがあるからこそ、人生は面白いのである。

年越しパーティーで、自らを考える

張さんと別れた翌日は大晦日《おおみそか》だった。以前知り合っていたイタリア人学生のロベルト君から久しぶりに連絡が来た。ロベルト君の友人の家で年越しパーティーがあるということで、そのお誘いであった。パーティーは苦手だとわかっていながらも、ひとりで寂しい気持ちで過ごしていたので参加することにした。

そのパーティーは食料をそれぞれが持ち寄る形式だったので、僕もお誘いを受けてからスーパーで調達したワインや生ハムなどを持っていった。

パーティー会場は広い家で、十人ほどが参加していた。初めて会う人がたくさんいて落ち着かなかった。周りの会話が速くてついていけない。BGMも大音量でかかっている。やはり途中で帰るべきかと思った。それでも年が明けるまでは頑張ろう、と僕は無理をしてしまった。それが祟《たた》って、ついに具合が悪くなってしまった。

「ロベルト君、申し訳ないけど具合が悪くなってしまったから帰ることにするよ」

「それは残念だ。一人で帰れる？」

日本語を勉強しているロベルト君は、さすがの流暢な会話である。

「大丈夫だよ。良いお年を！」

こうして、僕はユースホステルの部屋に戻ることにした。やはり、僕はパーティーに参加することがかなり苦手だとあらためてわかった。特に盛り上がる西洋式パーティーはなおさらだ。パーティーを楽しめないようであれば、ロベルト君のようなパーティーが好きな人たちと仲良くすることは、厳しい。僕の選択肢としては、パーティーが苦手な僕に理解がある人、さらには僕と同様にパーティーがあまりにも苦手な人と仲良くするのが良策なのかもしれない。

このように考えていると、花火の音が聞こえだした。どうやら、年が明けたらしい。空だけでなく水面にうつる綺麗な花火に心を打たれながら、僕は考えた。やってきた新しい年は、自分自身について見つめ直す年にしてみよう。

アンドレス君、ありがとう

年が明けて数日後、僕は年末年始休暇が終わったことにより寮に戻ることができた。ルームメイトのアンドレス君も帰省から戻ってきた。

アンドレス君は全ての留学日程を終え、一月末にスペインに正式に帰国することになった。僕は四学期まで在籍するのだが、アンドレス君はそれより短く、二学期までの、一年間の半分の日程だった。

アンドレス君とはルームメイトという関係にすぎず、一緒に外に出かけることはほとんどなかったものの、部屋の中ではある程度の会話をした。アンドレス君は、幼い頃はポケモンやデジモンなど日本発祥のゲームソフトを好んでいたらしく、僕は故郷の日本を誇らしく思ったものであった。サッカーの話をしたこともあった。僕自身はサッカーにそれほど詳しくないが、アンドレス君はサッカーファンだった。授業の話でも盛り上がった。

日本の大学の制度とは違い、入学が比較的容易なことに比べて単位取得や卒業が難しいことが多い欧米の大学の制度に、僕は困惑したのだが、アンドレス君はスペインの大学と似たような制度であるこのイタリアの大学の制度にはすぐに慣れたようだった。僕にとってはここの大学では授業のスピードがものすごく速く感じられたのだが、アンドレス君にとってはスペインにいた頃に比べて少しだけゆっくりだから学びやすい、というのである。これには驚くばかりだ。そんなアンドレス君の学ぶ意識に僕は影響を受けた。

試験前には、お互い別の科目ではあるが、試験対策に勤《いそ》しんだものである。僕は図書館で勉強するのを好んだが、アンドレス君は寮の部屋で勉強することをより好んだ。

さて、このようなアンドレス君ともいよいよお別れの日がやってきた。僕は、朝早くに出かけなければならなかった。アンドレス君は、まだ眠っている。前日にある程度話をしたこともあり、僕は声をかけずに、前もって準備していた手紙をそっとテーブルの上に置いた。手紙には、辞書を引きながら書いたスペイン語で、今まで共に過ごした感謝の意と、アンドレス君が日本に来ることがあったらよろしく、というようなことを書いた。あくまでルームメイトという関係であり、一緒に出かけるほど仲を深めることはできなかったが、礼儀として手紙を書いたのである。

夕方になり、僕は帰宅した。部屋に入ると、僕の荷物だけになっていた。やはり寂しい気持ちになってしまった。なんだかんだで、二人で生活していたのが一人になってしまうのは寂しいものがあるとしみじみした気持ちに浸りながら、ふとテーブルの上を見ると、僕が置いた手紙ではない別の紙が置かれていた。

そこには、スペイン語で、手紙に対するお礼と、同じく今まで共に過ごしたことへの感謝、そして君がスペインに来ることがあったらその時はよろしく、ということなど、温かいメッセージがしたためられていた。僕がスペイン語はそれほどできないことに配慮して、英語でも書かれていた。その心優しいメッセージに、部屋の中で一人、大粒の涙を流してしまった。人の心の温かさに触れたと感じたのである。僕は人づきあいがあまり得意ではなく、話もそれほど盛り上がらなかっただろう、と勝手に罪悪感を抱いていたが、温かい返事をもらったことで、それほど気にすることではなかったのだとわかった。

僕はここでやっと留学生活が後半に入る。次に来るであろう新しいルームメイトに不安と期待がないまぜになった気持ちを抱えながら、三学期の授業開始を一人待っていた。

新しいルームメイト、新しい出会い

アンドレス君がスペインに帰ってから一週間ほど経った二月のある日、新しいルームメイトがやってきた。東アジア系の、僕より少しだけ背が低い男性だった。僕に英語で話しかけてきた。

「やぁ、君がルームメイトかな？」

僕も英語で挨拶をした。

「そうだよ。これからよろしく。僕は日本から来たけど、どこの出身かな？」

「台湾だよ」

台湾人のルームメイトは名前を許君《きょ》といったが、英語で話す際はイングリッシュネームのジョーと呼ばれることを好むということだったので、僕もそう呼ぶことにした。このように、台湾や韓国、中国などでは英語の授業で先生からイングリッシュネームをつけてもらう文化があるようである。

アンドレス君にスペインのことをいろいろ教えてもらったように、このジョー君にも台湾のことをいろいろ教えてもらった。歴史的背景により台湾には日本にまつわるものがたくさんあり、ジョー君は日本語の授業を受けたことがあるらしい。ジョー君が通っている台湾の大学では、キャンパス内にモスバーガーやファミリーマートなど、日本発祥のチェーン店があると聞いた。

僕は、ここヴェネツィアに着いたばかりのジョー君が留学生活で不安に思っていることやわからないことについて教えてあげた。一学期、二学期と在籍してきた僕は、すっかりこの場所に慣れていたのである。ジョー君は、これから始まる三学期からの、後半の期間のみの留学となる。

それからほどなくして、いよいよ三学期の授業が始まった。マイペースに授業を取ることができるため、これまでに比べて授業の量を抑えた。その空いた時間を、自分がやりたい勉強に充てるためだ。おかげで、電子書籍による読書や、イタリア語の勉強が捗《はかど》った。異国にいながら日本の本を読むことができる電子書籍の便利さを実感した。

この時期に受けた企業論についての授業で、僕はトルコ人の男子学生二人組と知り合った。同じトルコの大学から来たらしく、仲が良さそうだ。オメル君は、僕と同じくパーティーなどが苦手で内向的な性格である。歴史に造詣《ぞうけい》が深く、トルコはもちろん、イタリアをはじめとするヨーロッパの歴史についてたくさん話をしてくれた。オスマン君は、オメル君とは正反対にパーティーに参加することが好きで、誰とでもすぐに仲良くなれる気さくな性格であった。一見正反対の性格に見える二人だが、高校からの仲で、お互いを認め合って友人関係を続けているという。

オスマン君が僕に尋ねた。

「そういえば、君はどこから来たんだい？」

「日本だよ」

「おお」

僕が日本人だとわかると、歴史好きのオメル君は微笑み、すぐにエルトゥール号遭難事件のことを僕に話した。トルコ人のオメル君からその事件の話を聞いたことで、この事件について詳しく調べてみようと思った。僕はこの事件を少ししか知らなかったのだ。

エルトゥール号遭難事件とは、一八九〇年に現在のトルコであるオスマン帝国の軍艦が和歌山県沖で遭難した事件だ。この時に日本人に救助されたことによる恩をトルコの人々はずっと忘れなかった。一九八五年のイラン・イラク戦争の時にイランから脱出できない日本人を、恩返しとしてトルコが救出したのである。

このエピソードは、漫画や映画などにもなっていて、日本とトルコの温かい関係に目頭が熱くなる。このこともあり、オメル君とオスマン君の二人は、日本人の僕に対して気さくに接してくれた。このような素晴らしい二国間の関係を作った先人たちに感謝である。

授業では、担当教授によってグループが設定され、そのグループで課題に取り組んだ。僕のグループのメンバーは、僕とオメル君、オスマン君、そして三人のイタリア人の女子学生だ。教授の、男女が偏らないような配慮を感じた。

こうして、ジョー君や、オメル君とオスマン君と新たに出会うことができた。留学生活も後半になり、別れがあれば出会いもあると感じた二月だった。

言語哲学の授業

僕は、主に経営学部で開講されている授業を受講していたが、その中で興味深いものを見つけた。それは、四月から始まる四学期に開講された言語哲学についての授業である。

僕は、これまでに哲学についての授業を受けたことはなかった。つまり哲学がどういうものかをよくわかっていなかったのだが、この科目には何か惹かれるものがあり、受講を決断したのだった。

経営学部なのになぜ哲学かというと、担当教授の話によると、言語哲学の考え方からビジネスに必要なコミュニケーションについて考えようという試みとのことである。初めのほうでは、紀元前のプロタゴラスやソクラテスの時代から、著名な哲学者たちの言葉が時代ごとに取り上げられた。

その後、ウィトゲンシュタインやオースティンなどの哲学者たちが発展させていった言語哲学の説明があった。

この授業の最終試験は、言語哲学について自らが興味を持ったことについて論文にまとめて、教授とディスカッションする、というものであった。僕は閃《ひらめ》いて、帰国後に書かなければならない卒業論文について考えた。僕のゼミではビジネスマインドについて研究している。そこで僕は、ビジネスの際にコミュニケーションをとるうえで、どのような問題が起こりうるかを言語哲学の立場から考えることにした。

つまり、受講している言語哲学の授業の最終論文を、卒業論文の原案とすることにしたのだ。留学経験が卒業論文に活きることになるので、僕にとっても都合がよく、ゼミの先生にとっても一味違った視点の論文になるかもしれない、と思ったのである。

図書館にこもりっきりになって仕上げた最終論文は、二十ページを超える分量になった。これをもとに、教授とディスカッションすることになる。

このディスカッションは公開形式で、同じ授業をとる他の学生も同じ教室で聞くことができた。僕は教授とのディスカッションの順番を待ち、他の学生のディスカッションを聞いていた。僕の順番の一つ前は、イタリア人の女子学生二人組だった。僕は一人で最終論文を仕上げたのだが、共同執筆も認められていた。

「つまり、君たちは何を言いたいんだね」

「それはですね。このような歴史的背景がありまして、この人物はこの時代において大きな影響力を持っていたため、非常に重要な存在でして……」

「もう十分だ」

この二人組は、喋りは早口で達者だったものの、その内容に中身がなく、おそらく言語哲学とはそれほど関係がない内容を論文にまとめて話していた。教授は終始、しっくりこない表情を浮かべていた。

僕の前の二人組が辛口の評論を受けたため、僕は怯え気味になってしまっていた。ついに僕の番がやってきた。

「早速だけど、このページはどういうことを言いたいのかな？」

教授は、なかなか痛いところをついてきた。しかし、入念に書き上げた論文である。僕は精一杯自らの意見を発表した。

「このページは、ビジネスのコミュニケーションで起こりうる失敗について考察したものですよ。それを言語哲学の立場から考えて、この失敗の解決策についてのその後のページにつなげています」

「なるほど、やはりそうですよね」

その後もディスカッションは続いた。先ほどの口達者な学生たちと違い、僕は口下手だ。たどたどしい喋り方になってしまうこともあった。しかし、教授は笑顔を浮かべており、僕の話を興味深そうに聞いていた。

初めに尋ねられた内容は基本的なものであったが、おそらく、この時点で教授はこの論文をしっかり自分で書いたかを見極めていた。自分で考えずに資料に書いてあった文章をなぞって少し言い換えたくらいの文章では、説明に戸惑うだろう。僕は、正式に引用した箇所以外では、参考文献を読んだことを踏まえて自ら考えたことと合わせながら文章を再構築し、自分の言葉で論文を書いていた。

ディスカッションは順調なまま終えることができた。僕は、三人以上の会話よりは、比較的二人の会話には対応できるため、それも幸いしたかもしれない。

その後、教授から、成績を書いた紙が渡される。そこには、最高ランクの成績が記されていた。

「君の論文は面白いね。哲学の授業はいままで受けたことはあるのかい?」

「いえ、これが初めてですよ」

「才能あるよ君。これからも頑張って!」

僕は、教授に絶賛された。留学生なので、この大学の正規の学生と違って、成績の度合いは単位さえ取れていればそれほど意味をなさないとはいえ、最高ランクの成績をもらえたことは誇らしいものだ。

前の二人組のことも含めて考えると、どれだけ話すかではなく、何を話すかが大事だということがわかった。つまり、会話の量より質である。会話の量は前の二人組のほうが多かったが、質は僕が勝《まさ》っていたのだろう。二人が成績の書かれた紙を渡されてそれを見たとき、二人は苦《にが》笑《わら》いしていた。おそらく良い成績ではなかったのだろう。

さらに、僕はこの授業をきっかけに哲学に興味を持つようになった。このことにより、さらに幅広い人々の考え方、つまり哲学から学ぶ姿勢が身につくようになったと思う。

もともと考え事が好きな人間なので、哲学は僕に向いているのだろう。難しい道だから哲学をメインにこれから深く研究しようとは思わないものの、僕とは相性が良い学問だとわかった。

アリヴェデルチ、イタリア!

留学中は他にもいろいろな出来事がありつつ、六月で全ての留学日程を終了した。

ついに帰国の時がやって来た。

空港へ向かう時には、台湾から来たルームメイトのジョー君が寮から送り出してくれた。ジョー君は、もう少しだけイタリアに滞在するそうだ。ジョー君ともルームメイトとしての関係にとどまったものの、時には部屋で会話を楽しみ、お互いの国のことについて知ることができた。

アンドレス君の時と同様、僕はジョー君の国の言葉で感謝の気持ちを伝えた。そして、サンタ・ルチーア駅のすぐ近くにあるローマ広場の空港行きバスに乗り込んだ。こうして、僕はマルコ・ポーロ空港に着き、再び経由地であるパリへと飛び立つのであった。

「アリヴェデルチ!」と僕は心の中で叫んだ。イタリア語での別れの挨拶であるが、再び会うことを約束する意味も含んでいるのである。いつか再び訪れたいと心から思える国であった。一年近くも滞在したこの国は、僕にとっては第二の故郷だ。

ヴェネツィアは、評判通り治安が良く、静かな街であり、僕にとってかなり過ごしやすかった。内向的でおとなしく、騒がしいことが苦手な僕にとって相性の良い場所であった。

この留学中、イタリア人や日本人、そして世界中から来た学生と知り合うことができた。しかし、やはりこの留学でも、人間関係では問題を抱えてしまうことが浮き彫りになった。知り合うことはできても、その仲を深めることは困難だった。人と仲良くなる能力という、おそらく多くの人が自然に身につくことが、僕にはうまく身につかないのだ。僕は、人づきあいを避け、完全に一人でいることを好んでいるわけではない。時には友人たちと共に話し合い、人生を楽しみたいのである。しかし、人々との仲を深めることに問題を抱えている。

幸い、僕は基本的に自分の時間を大切にし、一人でいることが好きな人間であるからまだマシだと思われる。しかし、普段一人でいることが好きな僕でも、人づきあいは生きていくうえで欠かせないのである。

ネガティブにいえば、人間関係がそれほどうまくいったわけではない留学であった。

一方、ポジティブにいえば、多くの経験を積むことができたことに加えて、自分の強みを発揮し、大きな自信をつけることができた。この留学では、自らが考え確実に成長した部分もあった。さらに、イタリア人たちの笑顔が上手なところにも影響を受けて、ジョークを言うことや笑顔が増えたと思う。

留学中は日本について深く考えることができた。離れてみてわかる日本の良いところ、そうでないところがあった。日本には周りに合わせることが重要視される文化など、僕にとって相性が悪いところがありながらも、留学するとやはり僕は日本人だと心から感じた。この留学を通して僕はイタリアを好きになり、そして日本をもっと好きになったのだった。

パリへ向かう復路の飛行機内のイタリア語のアナウンスが、そこそこ理解できるようになっていた。完璧に理解できないからこそ、これからもイタリア語とは長い付き合いになることだろうと思った。

こうして再びパリのシャルル・ド・ゴール空港に着いた僕は、その雰囲気の変わりように驚いた。いや、僕自身が変わったのだ。往路ではここが初めての海外の地であり、当時は非常に怖く感じられたものだが、すっかりヨーロッパの雰囲気に慣れてしまった今は余裕の態度で自信ありげに通路を歩いている。

僕は、ここから我が国へ向けた飛行機に乗り、大空へと飛んでいくのであった。

＊＊＊

……こうして回想してみると、やはり留学は僕にとってこれからの人生に大きな影響を与えるものだった、と喫茶店でコーヒーを飲みながらしみじみ思う。

過去を回想しながら僕はコーヒーを飲み終えたが、まだ時間がある。次に何を飲もうかとメニューを開いた。

「ブラッドオレンジジュース」の文字が目に入り、これがここの喫茶店でも飲めるのか、と感心してしまった。留学中はイタリア南部のシチリアのブラッドオレンジジュースをよく愛飲したものだ。真っ赤なオレンジ――ブラッドオレンジは、シチリアの名産だ。

もちろん、懐かしさもあって、ブラッドオレンジジュースを注文した。

最終章 当事者かく語りき

「お待たせいたしました」

ブラッドオレンジジュースがテーブルの上に置かれる。これを飲むのはイタリアで飲んで以来で、久しぶりだ。やはり飲んでみると、独特の甘味、酸味、苦味が美味である。もともと、よくある橙《だいだい》色のオレンジジュースを好み、よく飲んでいるのであるが、たまにはこちらのブラッドオレンジジュースを飲んでみるのもアリだ。

さて、まだ会場に着く約束の時間まで余裕があるので、今度は留学から帰国したあとのことを回想してみよう……。

＊＊＊

約一年間、九月から六月までの実質十カ月程度の留学日程を終えて、僕は飛行機で羽田空港へ向かった。行きは成田発であったが、帰りは羽田着である。

機内食は和食であった。長い間食べずにいた和食を頬張り、僕は頬が落ちそうになるくらい感動した。ＣＡさんは、そのような僕を見て微笑んでいた。イタリアで、和食を食べることができる機会はあったのだが、留学中は現地イタリアの食事を楽しむことを決めていたため、あえて和食を断《た》っていた。おかげでイタリアンも大いに気に入ったのだった。

ただいま、日本

飛行機が羽田空港に着陸した。久しぶりの日本の風景は、逆に新鮮であった。当然のことながら、道を歩く人々の大半が日本人である。長崎行きの飛行機の便までまだ時間に余裕があった。空港内を探索しながら、そうだ、そうだよ、この光景だよ、と懐かしい日本に感動していた。しばらく歩くと、僕は空港内のラーメン店に入った。久しぶりに食す日本のラーメンの味は、格別であった。スープまで全て飲み干してしまった。

そして長崎行きの飛行機に乗り、久しぶりの故郷に到着した。母が迎えにきてくれていた。母は、感極まって目に涙を浮かべ、何も言えなくなってしまっていた。

「お母さん、泣くなら車の中にせんば！（泣くなら車の中にしないと！）」

そう言いながらも、僕も感情を抑えられず涙ぐんでしまっていた。僕は空港で泣くのは抵抗があったので、ぐっと堪えた。車の中で、久しぶりの母との会話を楽しんだ。相変わらず元気な母を見て、僕は安心した。

帰宅すると、母の作った料理を食べた。もちろん、和食である。久しぶりのおふくろの味に、またもや感動してしまった。

留学中は運動量が多く、それに加えて食費にそれほどお金をかけなかったため、十キロ以上痩せて帰国したが、帰国してしばらくするとすっかり元どおりの体重になってしまった。久しぶりの和食は、僕の食欲を異常なまでに増大させてしまい、その結果、体重が増えてしまったのだった。やはり僕は、ご飯と味噌汁の黄金コンビとは切っても切れない関係にあるのだと実感したのであった。

長崎は今日も温かかった

留学から帰国し、長崎に帰ってきた次の日、僕は久しぶりに長崎の街を散策した。長崎の石畳や、港に停泊している豪華客船を見ると、留学先のヴェネツィアの街を思い出す。両方とも世界遺産を有し、わが故郷と似たような雰囲気が少なからずあるヴェネツィアは、僕と実に相性の良い街であったことが、歩いていてもよくわかる。

長崎は、原子爆弾が投下された街として世界的に有名だ。留学中に長崎出身だと自己紹介すると、長崎を知っているイタリア人が多かった。なかには、僕の性格が平和的であることを指摘した人もいた。僕が喧嘩を好まず穏やかな性格になったのは、平和を大切にする長崎で育ったことも影響しているのだろうか。

しばらく歩くと、軍艦島クルーズ船に乗っていく外国人観光客のグループを見かけた。軍艦島とは、正式には端島《はしま》という名前の島であり、明治から昭和にかけて炭鉱により非常に栄えた。現在は廃鉱し、無人島となっている。軍艦島の通称のとおり、鉄筋コンクリートの建物が連なったその風貌《ふうぼう》はまるで軍艦であり、魅力的だ。最近、世界遺産に登録されたこともあり、世界中から観光客が軍艦島を見に訪れる。

遠景に稲佐山を久々に見た。長崎出身の福山雅治が自身の『約束の丘』という歌のモデルにしたとされることで知られる山だ。そこから見下ろす夜景は、日本三大夜景や世界新三大夜景に選ばれるほどの絶景である。

「兄ちゃん、こい落ちとったばい（これ、落ちていたよ）」

三十代くらいの男性の手には、僕のものと思われる、長崎のバスや路面電車で使えるＩＣカードがあった。うっかりしたことに、カード入れから落としてしまっていたようだ。

「あ、どうもありがとうございます」

「具合は大丈夫ね。気をつけんばね。そいじゃ！（具合は大丈夫かな。気をつけないとね。それじゃ！）」

実に温かみのある笑顔であった。地元だから贔屓目《ひいきめ》になるのかもしれないが、僕自身は長崎の人々には心温かい人が多いと感じる。僕が生まれるずっと前の渡辺はま子の『長崎のお蝶さん』という歌でも、「情けの町」と歌われているくらいだ。長崎は人の心で温かい。

久々に歩いてみても、長崎は今日も温かかった。ヴェネツィアでの主な移動手段は徒歩だったため、すっかり歩くことがより好きになってしまった。こうして僕は、長崎でもさらに歩き続けるのだった。

将来はどうする？

帰国したばかりの時期は、久しぶりの日本、久しぶりの長崎に浮かれていたものの、現実を見なければならない時がやってきた。

帰国した時点で僕は四年生であり、将来のことを考えなければならなかった。梅雨の時期に帰国したので、同級生は既に就職活動を積極的に進めている。将来の進路については、僕にとって最も大きな悩みの一つであった。なにしろ僕は幼い頃から集団に馴染むことが苦手であり、職場の人間関係に耐えうる自信がなかった。

就職するとして、接客業は僕は大の苦手であり、避けるべきだろうと考えた。接客業の場合、不特定多数の人々と数えきれないくらいの回数にわたって接することになってしまうだろう。

そのような僕の特性を考え、僕は大学院進学を目指そうと思った。研究することに関しては僕は没頭しやすい性格なので、それなりの業績をあげることができるかもしれないと考えたのだ。

ただ、非常に大事になってくるのは指導教授との相性である。これが合わなければ苦痛な大学院生活を送ることになってしまう。相性の良い先生に巡り会うことができれば大学院進学を決断することができるのだが、確実なことはわからなかった。

ここで僕は、将来の進路を決めるのにも人づきあいの能力、さらにはその能力により形成された人脈が大事だということを思い知った。

人づきあいが上手で人脈が豊富な同級生は、先輩方の情報を効率よく仕入れて、就職活動の経験や、現場の雰囲気などを知ることができた。一方、人づきあいが苦手で人脈に乏しい僕は、就職活動の情報を効率よく仕入れることはできなかった。

できる仕事が限られる僕に適合する職場をうまく見つけることが難しいのである。仮に僕に人脈があったとしても、人づきあいの能力がないと効率よく先輩方から重要な情報を教えてもらうことができない。何を質問すればよいか瞬時に想像する能力にも、僕は恵まれていない。事前に質問を考えてきたとしても、そのとおりに話が進まないことがある。その時の会話の流れで話をしなければならないのに、そのことが僕には難しい作業だ。

とにかく、このように僕はネガティブなことばかり考えてしまっていた。ついに、久しぶりに僕が通っていた長崎大学病院精神科の今村先生に相談することにした。

自閉スペクトラム症当事者であることを強く意識

僕は、病院に到着して今村先生のもとを訪れた。今村先生は発達症について研究している医師だ。僕は、自分の自閉スペクトラム症の特性を考慮したうえでの進路をどうしたらよいか、相談に行ったのである。

帰国してからわかった日本の良さがあるものの、その反面、僕は日本でより生きづらさを感じるようになってしまった。

留学先のイタリアでは、一人ひとりの個性がより意識される。少し変わったことをしていても、周りからは何も言われない雰囲気を感じ、僕はありのままの自分を出せた。しかし、日本に帰ってみると、周りから僕は変わり者を見るような目で見られて肩身の狭い思いをしてしまうのである。

今まで、僕は何度も「君、変わってるね」と言われ続けた。これを日本でも言われ、留学先でも日本人学生に言われた。しかし、僕自身は何が変わっているのかがわからないのである。僕自身の主観では、僕にとって「普通」と思った行動をとっているにすぎない。この「普通」の基準が周りとズレていることから、僕は「普通」じゃない変わった人間だとみなされるのだろう。この周りにとっての「普通」の価値観を押しつけられることが、僕にとっては辛いのである。

そもそも、「普通」という言葉には、どうしても誰かの主観が入ってくるのではないか、と僕は考える。周りの学生が「普通」に友達を作り、「普通」に就職し、「普通」に職場の人間関係に馴染んでいくことが僕には困難なのだ。この場合、周りの学生にとってはこのことは「普通」なのかもしれないが、僕にとっては「普通」ではない。

留学から帰国したことにより、日本の「普通」でないとされる人間を排除する集団主義的な悪しき側面を肌で感じることになった。留学せずにずっと日本にいたとしたら、比較しようがないためこの生きづらさをはっきりわかることはなかったかもしれない。

もちろん、日本の周りを重んじる「和」の精神は美徳であり、素晴らしい文化である。しかし、これが行きすぎたことにより、周りに馴染むことができない人間を排除する動きは、考えものだということである。何事も行きすぎは良くないということである。

進路相談の先生との出会い、講演依頼

久しぶりに今村先生のもとを訪問したあと、再び定期的に通院することになった。

それから三度目くらいだろうか――進路について悩んでいることを話し続けたところ、今村先生は、僕が通う長崎大学に、困難を抱える学生のための部署があるということで、そこの先生を紹介してくださった。

後日、大学のその部署に行き、カウンセラーの先生にお会いした。この先生はとある英語圏の国の出身ではあるが、日本の滞在経験が長く、流暢な日本語を話す。日本的なふるまいも完璧に習得している。

この部署は、発達症当事者の学生についても取り扱う。各地の大学でも発達症を抱える学生についての理解が広まりつつあるそうだ。その最先端は、あの東京大学だそうだ。確かに、テレビなどに出演している東京大学の学生を見ると、発達症当事者かもしれない、と思ってしまうほど個性的な学生がいるのだ。デリケートな問題なのでもちろん思うだけで口には出さないものの、それだけ個性あふれる学生がいて、彼らとなら僕も浮いた存在にならず仲良くできるかもしれない、とすら思える。

何度かこの部署のカウンセラーの先生のところに通っていると、大学での講演の話を持ちか

けられた。自閉スペクトラム症当事者ならではの話をして、大学に理解を広めてほしいとのことだった。

ファカルティ・ディベロップメントと呼ばれ、ＦＤと略される主に教授陣など大学関係者に向けての講演である（僕の講演の場合は、一般の方々も聴講することは可能である）。ＦＤで学生による講演は稀らしい。

僕は快諾した。

僕は、この講演のためにあらためて発達症関連の書籍などを読み漁り、準備を進めた。また、名スピーチといわれる演説やプレゼンテーションなどの動画を観ることにより、話し方の研究もした。

この時期、僕は他の学生に会うことはほとんどなかった。その理由としては、将来のことが何も決まっていない現状を話すのが面倒だということがあった。次第に、同級生との距離はどんどん遠ざかっていくのだった。

また、僕が講演をすることも学生には誰にも話さなかった。発達症についての理解はまだまだ広まりつつある段階であり、誤解も多いのだ。僕が講演をすると話すことは、僕が自閉スペクトラム症の当事者であることを打ち明けることになる。

僕は、かつて当事者であることを打ち明けてしまったことが何回かあった。しかし、それにより周りの配慮があるかというとそういうわけではなく、逆に何かあると面倒だから関わらないほうがよい、と距離を置く学生が出てきてしまうほどであった。僕は、決してそうであってほしくはないのだ。当事者であろうとなかろうと、変わらずに接してもらってかまわないのである。しかし、理解が広まっていないと当事者である僕に関わることを躊躇する学生が出てきてしまうのが現状であった。

このような現状だからこそ、周りに悩みを相談できず悩んでいる当事者の学生が多いと思われる。僕としても、同じように悩んでいる学生たちが救われてほしいという強い願いがあったので、講演の話を持ちかけられた時から僕の返事は決まっていた。

このような学生たちのため、僕は立ち上がることを決意したのだ。

卒業論文の執筆、講演原稿の執筆

この時点で、僕の卒業に必要な単位はゼミで行う卒業研究のみであった。主な作業は卒業論文の執筆になる。僕は留学先の言語哲学の授業で英語で執筆した論文にさらに改良を加えて、十数ページ増やしたものを書き上げた。つまり、僕が書いたのは英語による卒業論文となった。ビジネスマインドについて研究しているこのゼミを担当している三十代男性の先生はイギリスに留学経験があり、英語での論文の添削もお手のものであった。しかし、英語の間違いなどについて指摘するのみにとどまり、論文の内容についてはそれほど干渉されなかった。

学部の卒業論文では、毎年、十人程度の学生を相手にすることになるため、完成度がある程度高い論文に関しては、内容にはそれほど干渉されないのだろうか、と考えた。

ゼミの学生の皆による論文発表会も、それほど盛り上がらなかった。僕としては、もっと内容について議論したかったのだが、そのような雰囲気ではなかった。もっと本格的に論文について議論したいのであれば、大学院に進学しなければならないのだろうか、と考えた。しかし、そのためには相性の良い先生と巡り会うこと、かつその先生の研究テーマがある程度僕の研究したいことと合致している必要があるので、簡単なことではない。

卒業論文を添削したこのゼミの先生は特にこの論文を絶賛することもなかった。留学先の言語哲学の先生からは完成度の高さを絶賛され、最高ランクの評価を得た論文をもとにしているのに、同じような論文でも読む人によってこれほど評価が変わってくるのだと悟った。何事も相性が大事なんだな、と悲しい気持ちで考えた。

僕自身はやる気があったものの、周りの影響でそれほどやる気が出なくなった卒業論文の執筆が終わり、反対にやる気がある講演会の原稿の執筆に取りかかった。

原稿を執筆するといっても、書いた内容をそのまま話すためではなく、何を話すのか整理するために執筆した。

原稿の執筆が終わると、パワーポイントのスライドを作る作業に入る。原稿の文章をあらためて吟味し、わかりやすくスライドにまとめる。文字を大きめにして時には図表を入れながら、読みやすく、整理されたスライドを心がけた。

こうしてスライドが完成し、イメージトレーニングを重ねたあと、冬の終わりのこの季節、講演会の日がやってきた。

＊＊＊

……僕は喫茶店でブラッドオレンジジュースを飲み終える頃、今までの人生の回想を終えた。会計を済ませ、喫茶店を後にした。講演会の会場である大学の講堂は、ここから歩いてすぐだ。

いざ、講演会へ

事前の情報によると、約百五十人もの人々が僕の講演会に参加することを申し込んだらしい。僕なんかのためにこんなに集まるのか、と驚きながらも、発達症に対する関心度の高さを感じた。

会場には、確かに老若男女、多くの人々が座席に座っていた。ここで新たに知り合った方々との名刺交換を済ませたあと、僕は講師席に座り、講演会の開始を待った。この時、僕は今までに感じたことのない緊張感を感じていた。後ろを振り返ると、僕の話を聴きにきた人々で溢《あふ》れかえっている。その光景を見るとより緊張感が増してしまう。そのため、ずっと前を向いていた。

「……幼い頃から学校に馴染むことができず、小学五年生の頃に自閉スペクトラム症の診断を受けました」

今日の講演会を進行している方が、僕の経歴を紹介している。自分のことが話されると、やはり緊張するものである。徐々に、緊張感による体の痺《しび》れが強くなってきた。

「それでは、本日はよろしくお願いいたします」

拍手が沸き起こるとともに、僕は立ち上がり、時折頭を下げながら、講演をするステージへと歩みを進めた。

「こんにちは。本日はお忙しいなかお越しいただき、ありがとうございます」

僕の第一声は、明らかな震え声であった。こうして、僕の講演は始まったのだった。

発達症の呼称について

僕は、この講演会で発達症という呼称を用いた。一般的に発達障害という呼称で呼ばれることが多いのだけれども、僕はこちらの呼称を気に入っている。この講演会では、そのことについても説明した。

「現在、発達症の各グループの呼称が変わりつつあります。例えば、私が抱えている『自閉スペクトラム症』（ＡＳＤ）は、『自閉症スペクトラム障害』とも呼ばれていますが、『障害』という言葉を使わず、『自閉スペクトラム症』と呼ばれることも多くなりました」

ＤＳＭ－５という二〇一三年に公開されたアメリカ精神医学会による新しい診断基準の日本語訳（日本語版：『ＤＳＭ－５ 精神疾患の診断・統計マニュアル』医学書院、二〇一四年発行）では、「障害」という言葉を「症」という言葉に言い換えることができるようになった疾患が数多く存在する。つまり、多くの疾患で、「障害」と「症」両方の言葉が併記された。

「同じように、ＡＤＨＤの日本語訳として『注意欠如・多動性障害』と呼ばれていたものは、『注意欠如・多動症』という呼び方も併記されています。

また、学習障害（ＬＤ）と呼ばれていたものは『限局性学習症』と『限局性学習障害』が併記されています。この限局性学習症（ＳＬＤ）という呼称も徐々に広まりつつあります」

ＡＳＤだけでなく、ＡＤＨＤやＳＬＤに関しても、徐々に「障害」という言葉が使われなくなってきた印象を受ける。僕は、この流れに賛成である。

「そして、DSM－5において、つまり最新の表記では、発達障害は、『神経発達症群』、または『神経発達障害群』とされています。これにならって、私は『発達症』という呼称を用いることにしました。つまり『神経発達症』の『神経』の語を省略して『発達症』ということです。『発達症』は、『発達障害』と同じことを示す言葉ですので、ご理解ください」

「症」と表記するか「障害」と表記するかは、学者たちの間でも意見が分かれているらしい。僕は学者ではないが、「症」の表記を推進したい。

「発達症当事者たちは、苦手なことが目立つ反面、得意とする分野では非凡な才能を発揮することがあります。苦手な面にばかり焦点を当てると障害と思えるかもしれませんが、得意な面を見るとそれはもはや障害とは言えないほど優れた能力を持ち合わせていることがありうるのです」

「障害」という呼び方をしてしまうと、どうしてもネガティブな印象を抱いてしまう。しかし、

「発達症」の場合は必ずしもネガティブな印象はない。僕は自閉スペクトラム症当事者にありがちな強いこだわりもあり、「発達症」という呼び方にこだわることにしたのだ。

聴衆は、僕の話に真剣に耳を傾けている。僕は、まだまだ緊張しながらも、話を続けた。

凸凹大学生

今回の講演は大学で行われ、内容も僕の大学生活での実際の経験をもとにしている。そこで、僕は「凸凹大学生」という言葉を使うことにした。

「凸凹大学生とは、凸凹、つまり得意なことと苦手なことを極端に抱える学生のことです。凸が得意なこと、凹が苦手なことを表しています」

発達症のことを、「発達凸凹」と表現する方々がいるくらい、僕のような発達症当事者は、顕著な凸凹を抱えているのである。

「例えば私の場合は、語学力や文章力に関しましては周りの方々からの定評があり、凸といえると思われます。そして、私は事前に準備さえすればこのような講演会にも対応ができるほどなので、準備力も凸といえるかと思われます。そして、かなりマイペースであり、自分の頭で考えて行動ができる主体性を持ち合わせており、こちらも凸でしょう」

まずは、このように僕が得意と言える部分である凸の能力の例について説明した。

「これに反しまして、私はスポーツが極端に苦手でして、運動能力に関しましては凹です。また、人々と会話する能力や協調性にも問題を抱えており、凹といえます。そして、準備なしに即興で臨機応変に物事に対処することも困難なところがあり、こちらも凹といえるでしょう」

続いて、このように僕が苦手としている凹の能力の例について説明した。

「このように、私は極端な凸凹を抱えており、これらの能力の得意・苦手がハッキリしすぎているのです。ここに挙げた能力の中では、いわゆる平均的なものはありません。ここに挙げた凹の能力により困難を抱えて、生きづらさを抱えているのです」

講演を始める前は緊張していたものの、いざ話を始めると事前の準備のおかげで比較的スムーズに喋ることができた。次第に緊張感は解けていって、震え声ではなくなってきた。

「ですが、一言で凸凹大学生といいましても、その凸凹具合は人それぞれなのであります。例えば同じ発達症当事者でも私が比較的得意としている語学力が苦手な方もいらっしゃいますし、逆に私が苦手としている運動能力の分野で才能を発揮する方もいらっしゃいます」

発達症当事者、さらには自閉スペクトラム症当事者の中でも凸凹具合は人それぞれなのである。そのことが、発達症を複雑にしている。僕の話を聞いたからといって、それは自閉スペクトラム症当事者の一例としての僕を理解したにすぎず、全ての自閉スペクトラム症当事者について理解できるわけではないのだ。

全ての人々は人それぞれ得意なことと苦手なことが違うものだ。それは発達症当事者でも同様なのである。ただ、発達症当事者はその凸凹がより顕著に表れるということである。誰にでも凸凹はあるものの、発達症当事者の中ではその度合いが比較的激しいのだ、というふうに僕は考えている。

それぞれの立場で、心がけると望ましいこと〈前編〉

その後、僕は先ほどまで回想していた自らの人生経験をもとに、僕がどのような凸凹を抱えている大学生であるか、ということをスライドとともに解説した。時には、ジョークを言ったり、実際に僕が描いた絵を見せたりしながら会場の雰囲気を和ませた。

絵を見せたのは、僕が絵を描くことが苦手なこと（凹）を示すためだ。その独特な絵を見た聴衆の方々が笑ってくれるのである。このように、一見ネガティブだと思える上手ではない絵も、そのおかしさを笑いに変えることで、ポジティブなものとして捉えることができるのだ。このことは、一見ネガティブなことのようでも、考え方次第ではポジティブになりうることの好例であろう。テレビなどでも、あまり上手とはいえない絵を描くにもかかわらずそれを活かして個性の一つとしている有名人の方々を見かける。

こうして、講演会は後半にさしかかろうとしていた。これから、発達症当事者に人々がどのように対応すればよいかについて自らの考えを述べていくにあたって、こう切り出した。

「まずは、当事者自身についてです。なによりも、当事者自身が考えることがまずは大事です」

僕は、当事者自身がどうすべきかということについて述べた。周りの方々の配慮ももちろん大事であるけれども、それ以前に当事者自身が心がけると望ましいことがあると考えてのことである。

「自分がどういう人間か、自己分析をしてみてください。何が得意で、何が苦手か。何が好きで、何が嫌いか。まずは自分を知り、受け入れることが大事です。そして、凹の部分で落ち込むことがあると思いますが、凸の部分を見つけて、自信をつけてください。

しかし、何もかも発達症を原因にすることは、控えるべきだと思います。できる範囲のことはなるべく自ら行い、どうしても困難がある部分については配慮や支援を求める姿勢が大事だと思います。傲慢な態度で配慮を求めることは、望ましくありません。配慮を求める側も、配慮をする側も、お互い謙虚な姿勢でいることが何よりも大事です。

次に、知人や友人の立場について述べます。私のような個性の強い人間に対しても、その個性を尊重する姿勢を心がけていただけると幸いです。そして、やはり自己分析をしてみていただければ、それが自らの個性を知ることにつながり、自らの個性を深く理解すると、他人の凹とみられるような個性にも寛容になってくるのではないでしょうか。

最近、『アスペルガー症候群』を略して『アスペ』という言葉の誤用が目立ちます。一部の人たちによって、空気が読めない迷惑な人、という意味合いの悪口として使われる傾向にあります。これは、相手が診断を受けたかどうかに関係なく勝手に使われます。『自閉スペクトラム症』は、かつての診断名では『アスペルガー障害』『アスペルガー症候群』という呼称が使われていました。

先ほども触れましたが、アメリカ精神医学会による診断基準でＤＳＭ（精神疾患の診断・統計マニュアル）というものがあります。ＤＳＭ－Ⅳ以前には『アスペルガー障害』と表記されていたものが、ＤＳＭ－５に改訂されて『自閉スペクトラム症』『自閉症スペクトラム障害』と表記されました。

この疾患の領域に属する私は、『アスペ』という語の誤用に関して非常に悲しい気持ちになります。軽々しく使うべきではない言葉です」

特に、インターネット上では悪口の言い合いがひどい。この「アスペ」の間違った使われ方も度々見かけてしまう。普段から情報収集としてインターネットを閲覧している僕だが、このような心無い人々がいることを考えて、自ら情報を発信することには消極的である。現在の僕はブログやＳＮＳなどに自分から情報を書き込まないようにしている。

「続きまして、職場の同僚という立場について考えます。当事者が上手に仕事ができない時には、極端に苦手な作業をさせていないか考えてください。例えば、私自身は臨機応変に対応することが困難なため電話対応などが大の苦手です」

日本の職場では幅広い分野の作業をする力が求められる。

例えば、オフィスでパソコンを操作して文書を作成する作業を担当するために仕事を始めたとしよう。それに加えて電話対応など、別のことをやらなければならないことが日常茶飯事である。ある特定分野が得意で苦手なことが多いスペシャリストより、幅広い分野の作業をそれなりにできるジェネラリストのほうが楽に働き口を見つけることができると思われる。

この、幅広い分野の作業に対応することに困難を抱えて退職し、その後引きこもりになってしまうパターンは、よくあることだろう。

「しかし、得意な作業に関しては人一倍の集中力を発揮することがあるため、それに集中させることにより、職場の重要な戦力となりうる力を秘めているのです。ただ、法的な範囲内での労働条件を守り、あまりに長時間働かせることは避けなければなりません」

僕自身も、得意な作業だけに集中できるのであれば、おそらく優れた業績をあげることができるだろう。しかし、それを許す理解のある職場とめぐりあうことはなかなか難しい。幅広い分野の作業が求められる従来の日本的な職場が今でも多いために、苦手なことが多い発達症当事者は働く場を見つけることに関してつまずいてしまうことがあるのだ。

「また、当事者は暗黙の了解がわからないことがあるため、仕事の指示は、具体的な言葉で伝えることが大事です。曖昧な指示を苦手とする当事者が多いのです。正確な作業範囲を伝えてください。曖昧な指示をされると、想像力が働かず、指示した人が意図しなかった作業をすることになってしまいます。

人づきあいが得意でなく、飲み会や行事などへの参加が難しい当事者がいるため、作業時間外の人間関係についても考慮すると望ましいと思われます」

現在、ニートや引きこもりになってしまっている人々の中には、職場で要求される社会性や柔軟性などのレベルが高すぎて、働けるところが見つからずに、そのような状態になってしまった人々もいる。僕自身も引きこもりと紙一重だし、僕にとっては世間で比較的働きやすいとされる職場ですらもうまく働けないと思うほど、レベルが高いものなのだ。

それぞれの立場で、心がけると望ましいこと〈後編〉

「続いては、教育関係者の立場について考えます。
先生方は、指導する学生の個性を尊重し、それぞれに合った教え方をすることが望ましいと私は考えます。十人十色の学生に対応するのは難しいと承知しておりますが、単位取得に大きな問題を抱えてしまう学生については、別の教え方もあるかもしれない、と柔軟に考えて合理的配慮をする姿勢が大切だと思われます」

授業や試験などを行う際に、受講する学生との相性の問題で、他の学生と同じ方法ではどうしてもうまくいかない学生もいる。例えば、口頭での対面式の試験がどうしても苦手な学生がいる。教育関係者は、この事実を知っておかねばならない。

「続きまして、保護者の立場について考えます。
お子様が周りの子どもと比べてあまりにも違ったことをして、思い悩むことがあるかもしれません。しかし、他の子どもと比較してしまうことは考えものです。可能な限りお子様のありのままの個性を受け入れて、そのお子様に合った教育を日々行っていくのが望ましいのではないかと私は考えております」

僕の母も、幼い頃に僕が周りの子どもに馴染めていないことに大いに悩んでいた。しかし、他の子どもとむやみに比較することをせず、僕に合った方法で僕を育ててくれた。

「また、どうしてもお子様の短所ばかりを意識しがちでしょうが、長所を見つけてあげて、それを伸ばす教育を心がけるのが望ましいのではと考えます。ある程度の短所の克服は大事ですが、それよりも長所をどんどん伸ばしましょう。

お子様から相談されたら積極的に耳を傾けてください。お子さん自身や保護者自身での解決が難しい場合には、発達症に理解のある医師や、専門機関などにご相談ください。私自身も、小学五年生という、当時としては早い時期に診断を受けることができたのは、当時の担任の先生の理解があり、専門の先生を紹介してもらったことによります。できるだけ早い時期に診断を受けることができれば、学校に馴染めない原因がわかり、周りの方々は精神的に楽になります」

もし、僕が小学五年生の時点で診断を受けないままいたらどうなっていたかを考えると、頭が痛くなる。母はよりいっそう悩んでしまっていたかもしれない。子どもに心配な面があれば、できるだけ早く専門機関に相談に行くことが大事だと、当事者の僕としては考えるのである。

「そして、最後に当事者同士の立場について考えます。

発達症当事者同士であっても、凸凹具合が異なるため、理解が難しいものがあります。発達症のグループ（神経発達症群）の中の一つである『自閉スペクトラム症』だけでも、私と別の当事者では凸凹具合は違ってくるものです。本当に特徴は千差万別、人それぞれなのです」

当事者同士、という立場でも考えてみた。これもなかなか難しい関係である。全ての人々がそれぞれ異なる性格や特性を持っていることは、当事者同士でも変わらないのである。さらに、当事者同士ではその個性が強い者同士のため、極端に合わないこともあるかもしれない。

「当事者同士でも、お互いの特性を受け入れて、できるだけ相手を理解するように努める姿勢が求められると、私は考えます。私自身もまだまだ未熟なところがあり、人づきあいにそれほど問題を抱えていない当事者の方を羨ましく思ってしまうことがどうしてもあります。しかし、この気持ちを抑えながら、お互いを理解し認め合う姿勢が大事だと私は考えています。

ここまで、発達症当事者とどのように関わっていけばよいか、様々な立場から考察しました。ここで皆様に気をつけてほしいのは、私の意見を鵜呑《うの》みにしないことです。私の意見は、必ずしも正しいとは限りません。大事なのは、自ら考えて関わっていくことです。

私の意見が考えるきっかけになるのであれば幸いです」

この点は、僕が最も気をつけてほしいことの一つである。どうしても一人だけの意見だと偏りが生まれてしまう。僕だけの意見を鵜呑みにせず、幅広い人々の意見を聞きながら、自分がしっくりくるものを取り入れて、自ら考えて行動していくことが、なによりも大事だということである。

お互いの個性を尊重しあえる社会へ

「以上、私自身の経験をもとに、発達症のグループの一つである自閉スペクトラム症について考えました。しかし、何度も申し上げますが、私自身のことは一例にすぎません。ですが、皆様が発達症について考えるきっかけとなったのであれば、それは幸いなことであります」

講演会で僕が話すことも、そろそろ終わりである。最後は、発達症を含めた、お互いの個性を尊重することについて話を進めていく。

「私がこの講演で伝えたかったことは、お互いの個性を尊重しあえる社会が望ましいということです。
例えば、好みは人それぞれだということを意識するだけでもその第一歩になります。変わった趣味をもつ人をすぐに馬鹿にする人がいます。ですが、その人の趣味が周りに迷惑をかけていないのであれば、それを尊重する姿勢が大事なのです。
私自身も、大学に馴染めず、周りの多くの学生を良く思っていない時期がありました。しかし、私と相性が良くないだけで、その学生たちが悪いとは限らないので、彼らのありのままを理解する姿勢を心がけています。ここで私が申し上げたいのは、自分と相性が良くないからといって、その人の人格まで簡単に否定してしまうことは考えものだということです」

僕がこのような考えに至るまでには、紆余曲折《うよきょくせつ》があった。多くの人々の考え方に触れるとともに、自ら考えることにより、相性が良いかどうかはともかく、相手の個性を尊重することにしたのである。

「さて、お互いの個性を認めあえると、どのような社会になるかということを、自分なりに考察してみました。最後にお聞きください。

個性を認められずに生きづらさを抱えてしまっている人々の中には、引きこもりになってしまう人や、残念ながら自殺という悲しい最期を遂げてしまう人もいることが現実です。しかし、そのような方々の中には、なかなか他人が思いつかないような斬新な発想をする方がいるかもしれません。若い頃は変人だと馬鹿にされながらもその独自の視点で社会をより良いものにしていって、今は教科書に載っているような偉人になっている人もいるのです。

常人が思いつくようなアイデアだけでは、社会は進歩しないと言っても過言ではありません。変人と呼ばれうる独自の視点を持った方々は、そのアイデアを組み合わせながら斬新な発想で、この社会をより良いものに変えていける才能を秘めているかもしれないのです。

このような変人と呼ばれうる方々がのびのびと生きやすくなるためには、皆がお互いの個性をある程度尊重する姿勢が大事なのです。もちろん、他人にあまりにも迷惑をかけてしまう人については考えなければならないところがありますが、基本的には個性を尊重する姿勢が大事であります。皆が互いに尊重できる社会になると、変人と呼ばれうる方々がその非凡な考え方で社会を良い方向に変えていき、皆にとって有益で、より生きやすい社会につながるかもしれないのです。

私はこれからも、皆様に自らの考えを伝えて、より多くの人々が生きやすい社会にできるように努めてまいりますので、これからもどうぞよろしくお願いいたします。

本日は、ご清聴、まことにありがとうございました！」


僕は、鳴り止まない拍手に包まれながら、深々と頭を下げて聴衆の方々への感謝を表明した。今回のような講演会は初めてだったものの、緊張をしたのは僕が話を始める直前の時がピークであり、いざ話を始めてみると緊張感はおさまっていったのであった。

この講演会は、僕が日本社会で生きづらさを抱えている人々について伝える活動を始めるための決意表明にもなった。今回の聴衆の反応は概《おおむ》ね良好であり、僕の話の需要がこれほどにまであるのかと驚いた。もし今後、お声がかかれば、日本中どこにでも飛んでいって話をする覚悟ができている。さらには海外からの依頼も大歓迎だ。その時は、英語で講演をする所存である。

質疑応答では、話し疲れていたこともあり、即興で答えるのが苦手で必死で答えたため詳しい質問はそれほど覚えてはいない。それでも、入念に準備して臨んだ講演会での質問なので、ある程度は答えられたと思われる。

ある質疑応答で、このような言葉のやりとりがあった。


「貴重なお話をありがとうございました。一つ質問があります。今後どのようにご活動をされていくのかをお聞かせいただけないでしょうか」

「ご質問ありがとうございます。今後も、本日お話ししたような、生きづらさを抱えている方々について伝える活動を徐々に始めていこうと考えております」

僕は将来に向けてどういうことをやるかが定まっていなかったものの、この講演会の反響を目の当たりにして、先ほどの話の最後に述べた今回の趣旨に合った活動をこれからも続けていく決意表明を、質疑応答の場であらためて行ったのである。

他に印象に残った質問は、修学旅行についての質問だ。僕が修学旅行が苦痛だったことを話したことについて、詳しく聞かせてほしいという質問だった。

僕は、修学旅行に行きたくないのに半強制的に行かされたうえに、それほど楽しむことができなかったのである。このような生徒も中にはいることを考えて、修学旅行を強制することは考えものだという僕の意見を回答した。

その後も、大学の先生方と話したり、テレビや新聞などのメディアの方の取材に応じたりした。そしてようやく僕は外に出て、息をついた。これほどにまで疲れてしまった一日は、生まれて初めてかもしれない。

僕は、先ほどまで講演会場だった大学の講堂を後にして、正門へ向かって歩き出した。

エピローグ　桜の蕾の希望の下

講演を終えた僕は、暗くなったキャンパス内を歩く。肌寒い冬の夜である。サークル帰りの学生たちが、楽しそうに話しながら僕の前を歩いている。彼らとは対照的に、僕は一人である。この大学生活で、結局は仲の良い友人を作ることができなかった。今度行われる卒業式も、任意参加のため僕は欠席することにした。理由は察していただければ幸いである。

大学に入りたての頃は、友人は多ければ多いほど良いと思っていた。しかし、今の僕はそうは思わない。これからも人生は続いていくのだから、多くの人と知り合うことがあるだろう。しかし、僕はおそらく少数の人と深い友人関係になることを選ぶことだろう。僕は、多くの友人を作れるほど器用な人間ではないことを理解したのである。

このように、僕はこの大学生活を通して、自分自身についてプラスの点もマイナスの点も深く理解することができ、同時に大きな自信を手に入れることができた。周りから見ると、できて当たり前だと思われることに困難を伴う場合がある僕ではあるものの、今日の講演会のように、ほとんどの人が苦手と思うであろうことができる場合もあるのである。特に発達症当事者で、講演が得意な人は珍しいといわれている。ならば、僕が率先して声を発し、発達症の一つである自閉スペクトラム症を抱えている人々について、知ってもらうことにこれからも尽力していきたいと思う。

——正門に着いた。この近くにバス停があるが、バスには乗らず、もう少し歩こう。もともと、僕は歩くことが好きなのだが、講演会を終えたことによる達成感から体を動かしたい気持ちが生まれ、どんどん歩いていこうと思ったのである。それにしても、この季節に歩くと、最初は寒いと思いながらも徐々に体が温まってきて気持ちが良くなってくる。僕は、普段より早歩きで、道を順調に歩いていった。

僕が散歩でよく立ち寄る公園に着いた。そろそろ午後八時になろうとするこの時間でも、街灯によって明るいこともあり、そこそこの人数の人々がいる。この公園内を歩いてしばらくすると、桜の木に、蕾《つぼみ》があることに気がついた。いよいよ、この長い冬が終わろうとしている。この季節と同じく、僕の心の中の雪が解け、この街灯に照らされた道のようにこれからの進路で何をやりたいかがはっきりと定まってきた。

この日本で生きづらさを抱えてしまっている方々と、その周りの方々の悩みを少しでも軽減したい。留学をしてあらためて僕は日本が好きだということがわかった。この国を、発達症当事者の立場からより良いものにできれば、という願いを抱きつつ、これからの活動を進めていこう。

思い返せば、今までの人生は冒険のようなものだった。自信がなさすぎてほとんど人と関わることができなかった僕が、経験を積むことにより舞台を海外にまで広げ、さらには講演までできたとは我ながら予想だにしなかったことだ。僕の冒険はこれからだ。まるで漫画の最終回のようなフレーズだが、漫画とは違い、僕の人生はまだまだ続いていく。

僕は、街灯に照らされた明るい道を歩きながら考えた。「きっと、うまくいく」とポジティブに考えながら、これからの人生の道も歩いていくと決めたのであった。

「春がやってくる。僕の心にも、暖かい風が吹いているようだ」

解説

長崎大学病院地域連携児童思春期精神医学診療部教授
（精神科医）今村　明

山田さんと初めて出会ったのは、彼が高校生の頃でした。当時の大部分の高校がそうだったと思いますが、学校ではみんなが平等に授業やイベントに参加することを重要視しており、山田さんのような他生徒との協調が苦手なタイプの人はとても苦労している状況でした。発達障害者支援センターからの紹介で長崎大学病院を受診され、私が担当医となりました。診断としてはアスペルガー症候群（現在の基準で「自閉スペクトラム症（ＡＳＤ）」）で二次的なうつ状態を伴うものと考えました（現在は「発達性協調運動症（ＤＣＤ）」も併存しているものと考えています）。

山田さんは本文中にもあるように、ほかの学生からのからかいやいじりによって、とてもつらい学生生活を送っていました。その学生にしてみれば取るに足らないからかいでも、本人にとっては、とてつもなくきつく、耐え難いものであったと思います。この文章を書く時には山田さんはフラッシュバックに悩まされながら、頑張って書き続けたと言われていました。比較的あっさりと書かれているように見える部分もあるかもしれませんが、現在でもフラッシュバックが起こるほど、苦しい状態が続いていたことを、ご理解いただければと思います。

当時の彼は、うつ状態とそれに伴う身体化症状（頭痛、吐き気など）に悩まされ、人前に立つのが苦しく、他者の視点を避けるようにして生活をしていました。そのような状況であった彼が、大学に進学し、留学を経験し、数百人もの観客の前で、講演会を行うようになるとは、当時はとても想像できませんでした。

山田さんは、本文に示されるように、一歩一歩自分の苦手な部分を受け止めていこうと努力を続けられました。お母さまの存在が、とても大きな力になったことは、本文に書かれてあるとおりです。またお母さま以外にも、サークルで手書きの証書を渡してくれた女性の先輩、留学中のルームメイトや年配の夫婦など、山田さんの不器用ではありますが誠実な面を理解し、心の交流を持った人たちがいたことが書かれています。レオ・カナーは、「情緒的交流の自閉的障害」ということばでＡＳＤの人の特徴を示しましたが、ＡＳＤの人にも情緒的交流はあるのです。お互いに理解を深めたいという意思があれば、ＡＳＤの人とも非常に豊かな感情のやりとりが生じる場合があるということが、この本を読めばわかると思います。

山田さんのこれまでの歴史を振り返ると、彼がいかに力強く、ポジティブに自分の特性をとらえ、前進してきているかがわかると思います。私が彼について特に素晴らしいと思っている点は、少なくとも高校生以降の彼の決断は、ご家族や支援者（私たち医療関係者や教育関係者を含む）に言われて行ったわけではなく、しっかりとした自分の意思で行われていることです。また、当初は抗うつ薬等の治療薬を必要としていた彼が、自分の意志で道を切り開いていったことで自己効力感が向上し、現在では服薬をする必要がない状態となっていることも、お伝えしておきたいと思います。この本は「自伝的小説」（プライバシーの問題から、一部の情報は個人が特定ができないように修正されていますが、一人の少年が、大学生活を経ておとなになっていく過程を示しています。つらく悲しい内容もありますが、世の中の困難さに立ち向かい、成長していく彼の姿は、一種の冒険譚ともとらえることができると思います。特に、留学に向かって力強く進んでいく場面、クライマックスでこれまでの人生を振り返り、「大学生活における発達症」というテーマで堂々と発表する場面は、個人的に彼のことを知っている者としては、感動を禁じ得ませんでした。

この本は、同様の特性を持ち、これから世の中の荒波に立ち向かっていこうというひとたちに大きな力になるものと思います。また支援者として彼のようなタイプをサポートしている人たちにとっても大きな希望になるものと考えます。

【付録】

治療者の立場から――山田さんの検査結果等

今村　明

山田さんのことをさらに深く理解していただくために、当科で行った検査結果についてお示ししたいと思います。

幼少時の状況について

発達症の方の診断をする場合に、幼少時からの発達の状況を聴取することはとても重要です。山田さんの発達歴について、拙著『おとなの発達症の医療系支援のヒント』から付録5「発達歴・成育歴の聴取（質問例）」を用いて、お母さまから聴取したものを以下に示します。紙面の都合で情報が得られなかった質問は全て削ってあります。

a. 発達歴・成育歴の聴取

発達歴・成育歴　0－1歳ごろ

よく泣く赤ちゃんだった。夜泣きの時、おむつもきれいでおなかも満たしているけれど泣きやまず、なんで泣いているのか理由がわからず、困ることがあった。視線は合わないことが多く、ニコニコすることも比較的少なかった。人見知りは強かった。特に声の大きい人には、びくっとしていた。

発達歴・成育歴　1－3歳ごろ

歩き始めは1歳2か月ごろで、他の子と同じか少しだけ遅い印象だった。初めて意味のある言葉が出た時期が同年代の子どもより遅く、なかなか意味のある言葉にならなかった。意味のある言葉が確認できたのが2歳前くらいだった。オウム返し（反響言語）は幼児期から長く続いていた。他の子どもよりも無口な方で、会話は少なかった。

自分が興味のあるものを他の人にも見てほしいという感じで、何かを持ってきて見せたり、指さしたりして、相手の反応を見ること（共同注意）はなかった。

発達歴・成育歴　3－6歳ごろ

幼稚園は年中（4－5歳ごろ）から通っていた。行きたくなさそうな様子だったが、自発的に「行きたくない」と言うことはなかった。自分から他児と交流することはなかった。先生や保護者の方に誘導されないと、友達の輪の中にすんなり入れなかった。

遊び方は、一人遊びが多かった。図鑑を見たり、ブロック遊びをしたり、ミニカーを並べて遊んだりしていた。さらに小さいころには、音の出るおもちゃで遊んだり、スイッチを入れたり消したりして遊ぶことがあった。他児とごっこ遊びをすることはなかった。自分一人でロボットなどのおもちゃを使って、戦わせるようにすることはあったが、何らかのストーリーを作って遊ぶことはなかった。

不器用な感じがあり、お遊戯がうまくできず、動きがぎこちなかった。絵を描くことも苦手だった。

感覚の過敏さがあり、特に音に敏感だった。小学校のころは触られることを嫌がっていた。

発達歴・成育歴　6－12歳ごろ

小学校では、全体的に成績は良かったが、体育が苦手だった。ボール運動や競走、器械運動など、全ての面で苦手だった。また図工が苦手だった。絵を描くことも工作を行うことも苦手だった。

友達関係はほとんどなく、他児との交流は少なかった。小学校のころから、いじめられることが度々あった。母親が気づいたのは5、6年生のころからだが、以前から続いていた様子だった。

b．自閉症診断面接 改訂版（ADI－R）（日本語版：金子書房発行）

自閉症診断面接 改訂版（ADI－R）は、幼少時に最もかかわっておられた方（山田さんの場合はお母さま）への93項目の質問とそれに付随した質問により評定を行う世界標準の診断ツールの一つです。以下に、山田さんの幼少時からの特徴を評価した結果を示します。

ADI-R診断アルゴリズムでは、
A：相互的対人関係の質的異常：21点（10点以上で基準を満たす）
B：意思伝達の質的異常：16点（8点以上で基準を満たす）
C：限定的・反復的・常同的行動様式：3点（3点以上で基準を満たす）
D：36か月までに顕在化した発達異常：3点（1点以上で基準を満たす）
とA、B、C、D全てでカットオフ値以上であるため、広義の「自閉スペクトラム症」の基準を満たしていた。

これらの結果から山田さんの小児期の特性は次のようになります。

I．発達症による「困難さ」について（凹）

1-1．自閉スペクトラム症の特徴——社会的コミュニケーションの問題

乳幼児期から、比較的アイコンタクトが少なく、対人的微笑みも少なかった。2歳前まではっきりした言葉が出なかった。無口で自分からはなかなか言葉を発せず、会話は長く続かなかった。オウム返し（反響言語）もみられていた。
自分の興味のあるものを指さしたり、持ってきて見せたりして、母がちゃんと見てくれてい

るかを確認すること（共同注意）はなかった。

一人遊びが多かった。自分から誘って同年代の子と遊ぶことがなく、誘われてもなかなか他児の輪に入りにくかった。ごっこ遊び（想像的遊び）は一人ですることもなく、他児と一緒にすることもなかった。友達はほとんどいなかった。

1-2. 自閉スペクトラム症の特徴——限局性・反復性・常同性の特徴（感覚の問題を含む）

乳幼児期ごろには、音の出るおもちゃで遊んだり（感覚遊び）、スイッチを入れたり消したりして遊ぶこと（繰り返し遊び）があった。ブロック遊びをしたり、ミニカーを並べて遊んだりしていた。

変化に弱く、新しくやることが苦手で、たとえば社会科見学で初めての場所に行くときには、母が付き添って予行演習をすることもあった。

寝るまでの手順、外出をするまでの手順、外出から帰ってきたときの手順などが決まっており、ルーチン化している。

音に対する過敏があり、幼少時期から声が大きい大人は苦手だった。その後もテレビの音はかなり小さくして聞いている。

2. 発達性協調運動症の特徴

幼少時より、体全体の動きが不器用で、お遊戯などの時にもぎこちなさがみられた。小学校に入ってからも、体育全般が苦手だった。また幼少時より、絵を描いたり工作を作ったりすることも好きではなく、小学校になっても図工は苦手だった。

Ⅱ．「強み」について（凸）

幼少時より、興味を持ったことには集中して取り組むことができていた。プレイステーションなどのゲームも、誰も説明しないのにできていた。

小学校でも興味があることは自分から勉強していた。

記憶力はすごかった。過去の出来事を細部にわたってよく記憶していた。

現在の状態についての検査結果

a．ウェクスラー成人知能検査　第3版（WAIS－Ⅲ）（日本語版：日本文化科学社発行）

WAIS－Ⅲは、その人の発達の凸凹を調べるのに比較的有用な検査であると考えられています。結果は以下のようになっています。山田さんは全般的な知的能力は高いのですが、かなり能力の凸凹があることがわかります。

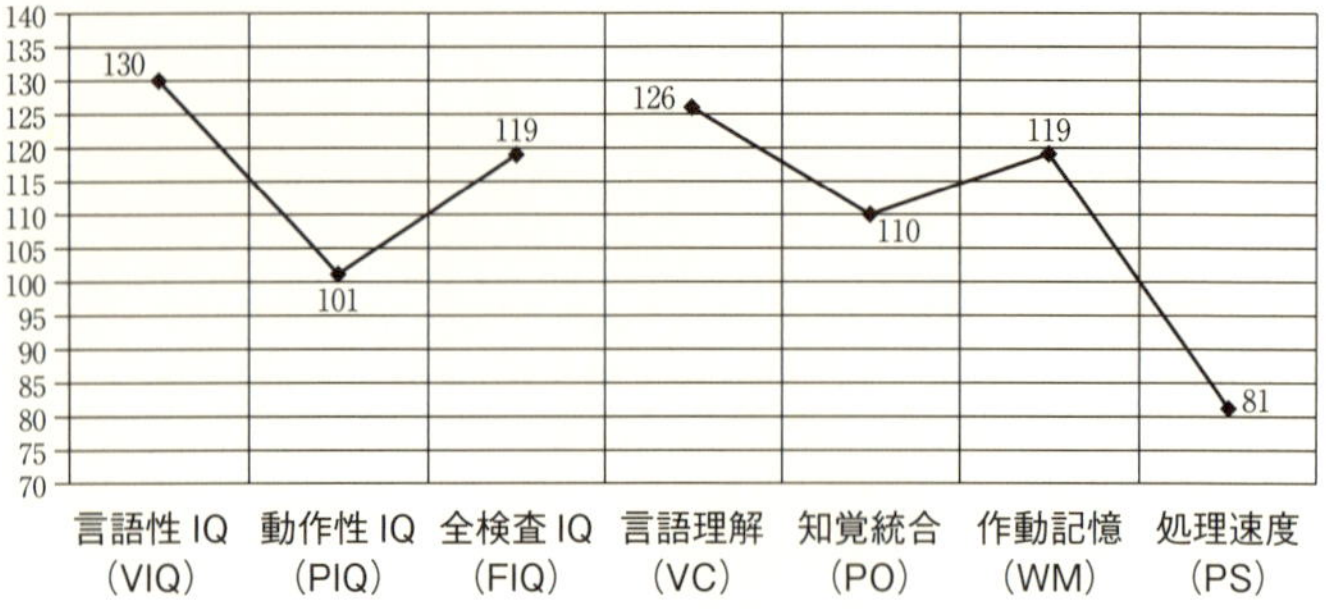

IQ／群指数

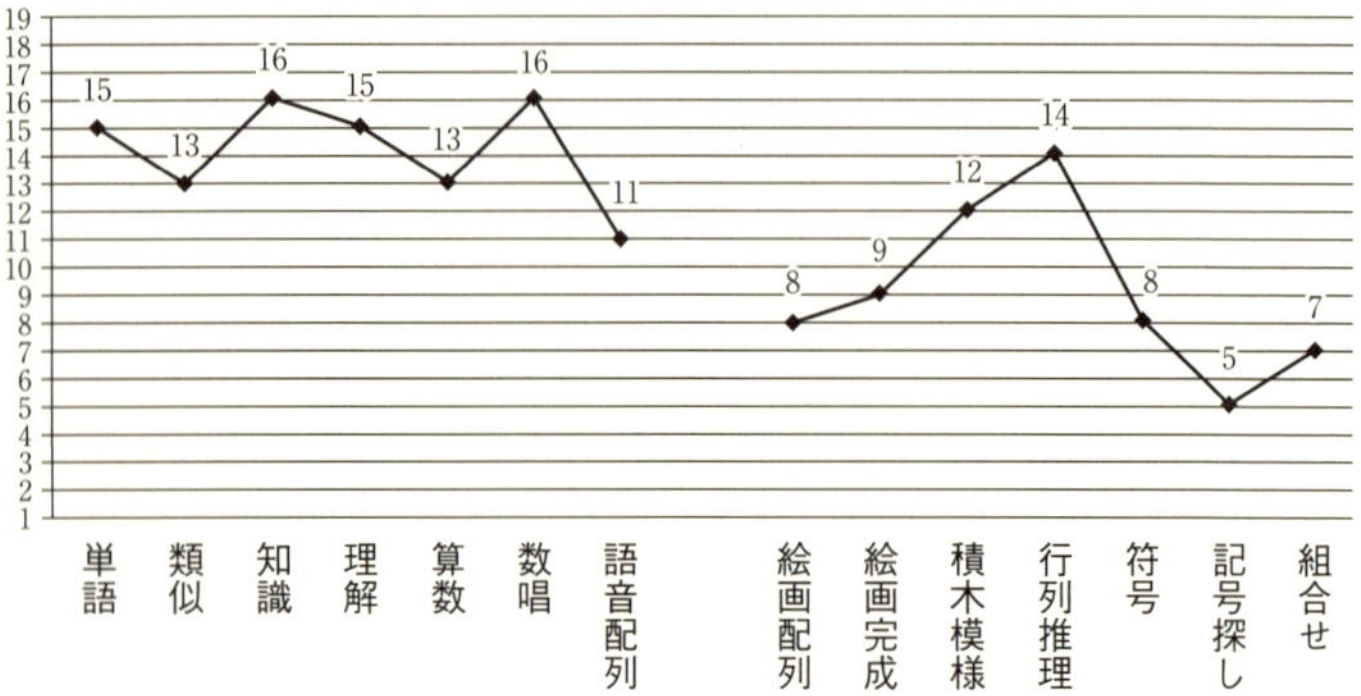

言語性下位検査（言語性下位尺度平均＝14.14）

動作性下位検査（動作性下位尺度平均＝9.00）

私たちは、このような検査をするときに、数字だけではなく、その課題を行っているときの行動上の特徴をみるようにしています。そのような行動観察の結果から、山田さんの特徴として以下のようなことがわかりました。

・学校で勉強する「社会」や「理科」などの知識がしっかり身についている。全般的に長期記憶に優れている（凸）。
・数字や文字の羅列などのあまり意味のない情報を記憶することは、比較的苦手である（凹）が、頭の中で数字や文字を思い浮かべるようなやり方（視覚化戦略）を用いると、記憶ができやすくなる（凸）。
・複数のことを同時に行う（凹）よりも、一つのことのみに集中する方が力を発揮できる（凸）。
・先の見通しが立った方が、作業効率が上がる（凸）。
・細かいところにも注意が行き届き、時間をかければ高い思考力が発揮できる（凸）が、逆に細部へのこだわりから、スピードが要求される課題は苦手な傾向がある（凹）。
・ほかの人の考えを理解したり、場の雰囲気をとらえたりするのは苦手な傾向がある（凹）。
・手先の不器用さがみられる（凹）。

b．自閉症診断観察検査 第2版（ＡＤＯＳ－２）（日本語版：金子書房発行）

自閉症診断観察検査 第2版（ＡＤＯＳ－２）は、当事者の方に課題をやっていただいたり質問をしたりして、その間の行動観察から診断に結び付ける世界標準の診断ツールの一つです。実施する形式は、対象者の表出性言語水準や生活年齢などからモジュールT、モジュール1、モジュール2、モジュール3、モジュール4に分かれており、山田さんの場合は成人で言語発達も十分であるためモジュール4を使用しました。

ＡＤＯＳ－２　モジュール４では
・意思伝達：5点（3点以上で「自閉症」の基準を満たす）
・相互的対人関係：7点（6点以上で「自閉症」の基準を満たす）
・意思伝達＋相互的対人関係：12点（10点以上で「自閉症」の基準を満たす）
という結果だった。
ＡＤＯＳ－２診断分類は、「自閉症」、「自閉症スペクトラム」、「非自閉症スペクトラム」の3段階に割り当てるように作られている。
山田さんは上記のように「自閉症」の基準を満たしているため、ＡＤＯＳ－２診断分類は、「自閉症」となった。

これらの結果から山田さんの現在みられる特性は次のようになります。

I．発達症による「困難さ」について（凹）

1－1．自閉スペクトラム症の特徴――社会的コミュニケーションの問題

仲間関係の構築や長期的な維持がうまくいかない傾向がある。会話量は十分で、論理的な説明に長けているが、自己や他者の感情について説明したりすることは苦手な傾向がある。他の人の視点に立って、物事を理解するのが難しい場合がある。説明が過度に論理的であったり、詳細すぎたりすることがある。非言語的コミュニケーション（自分や相手の表情やしぐさに気をつけること）の苦手さもある。

1－2．自閉スペクトラム症の特徴――限局性・反復性・常同性の特徴（感覚の問題を含む）

考えが柔軟になりにくい傾向がある。臨機応変の対応が難しく、急な変化に対してパニックになりやすい。細部へのこだわりから、作業がなかなかスムーズに進められない場合がある。

感覚の問題として、聴覚過敏の傾向があり、周りが騒々しいと混乱してしまう。また他者が速く話したり、よく知らないことを話したりするときには、会話についていきにくい。視覚的には、まわりが片づいていなかったり、何かの動きが目に入ったりすると、混乱しやすい傾向

がある。触覚としては、他者との身体接触が苦手で、接近しすぎないように注意している。

2. 発達性協調運動症の特徴

作業を行う際に、不器用傾向のため、スピードが遅くなる場合がある。

Ⅱ．「強み」について（凸）

長期記憶に優れている。

感覚としては視覚的思考、視覚的記憶が強い。

他者が見過ごしてしまうような細部の情報にも気づくことができる。

プレゼンテーションの能力が高い。他者に説明するときにわかりやすく伝えることができる。

特定の場面では、強い集中力を発揮できる。

意思決定を自分でしっかりと行うことができる。

本文中にみられる「困難さ」と「強み」

本書には山田さんが感じた大学生活での困難さ（凹）が様々なかたちで描かれています。また山田さんが持つ「強み」（凸）についても、しっかりと記述されています。最後にこの本の中での山田さんの凸凹を振り返ってみたいと思います。

Ⅰ．発達症による「困難さ」について（凹）

山田さんの精神医学的診断（米国精神医学会の診断マニュアルＤＳＭ－５〔日本語版：医学書院発行〕を用いて）としては＃１．自閉スペクトラム症（ＡＳＤ）、＃２．発達性協調運動症（ＤＣＤ）が考えられます。

１－１．自閉スペクトラム症の特徴――社会的コミュニケーションの問題

社会的コミュニケーションの問題については、本編中で何度も語られる社会的対人関係の構築および維持の問題があります。山田さんは特に同年代の人との関係づくりに困難さを感じているようです。これは本文中にもあるとおり、「協調性」の問題と関係があるのではないかと思います。ご自分で感じられる「普通」という感覚、言い換えれば社会的常識感覚が、他者とずれる場合が多いということが影響しているのかもしれません。また言語的コミュニケーションに関しては、思ったことがスムーズに伝わらないもどかしさを感じられることもあるのかもしれませんし、非言語的コミュニケーションとして、相手のしぐさや表情から、相手の発して

いるサインが読み取りにくいこともあるのかもしれません。

1―2. 自閉スペクトラム症の特徴――限局性・反復性・常同性の特徴（感覚の問題を含む）

限局性・反復性については、特に興味関心が昭和世代の人に近く、同世代の人とギャップを感じることが描かれています。普段から聴いている音楽（歌謡曲、あるいは流行歌）の趣味に関して、かなり具体的に書いてありますが、確かに同世代の人にはわかりにくいだろうなと思います。また感覚過敏の問題（これは感覚刺激に対する注意シフトの困難さに起因するものと思います）についても、特に授業中の私語に対して、どうしても気になってしまうことが書かれています。

このような特徴が、本編中に出てくるフリートークの苦手さ、特に女子学生との関わりの苦手さ、同級生や上級生からかけられる理解のない言葉、グループディスカッションや面接の苦手さなどにつながっているのかもしれません。

2. 発達性協調運動症の特徴

また山田さんは、#2. 発達性協調運動症（ＤＣＤ）の症状を有すると考えられます。ＤＣＤは、幼少時より体全体や手先の不器用さが顕著な状態であり、運動技能について同年代の児童とくらべてスピードが遅く、正確さに欠ける状態として定義されています。山田さんは様々なスポーツイベントで、失敗体験を繰り返しており、その状態による予期不安が生じる状態となっていたようです。誰もが自然にできて誰もが楽しめるはずの運動が、自分だけできないときの恐怖感は、計り知れないものだったと思います。このような困難さを多くの人に理解していただくことはとても重要だと思います。

Ⅱ．「強み」について〔凸〕

上記のような傾向は、山田さんが持っている発達症特性から来ているものと思います。しかしこの本には、その困難さに対して山田さんがどのように対処してきたかが、とても生き生きと描かれています。

山田さんの「強み」の一つは、優れた語学力だと思います。山田さんは、ひたすら音読をしたり、インターネット上で生の外国語に触れ、シャドーイングをしたりと、語学学習について独自の工夫をしています。現在山田さんは、英語をはじめとしていくつかの外国語を勉強しており、少なくとも日常会話レベルでは理解できるようになっています。この語学力も、はじめから得意だと認識していたわけではなく、大学生活を通して徐々に自己理解が進み、学習方法の工夫もあって、見出すことができたのではないかと思います。

学習のスタイルとしては、単純な暗記は苦手だが、問題を自分の頭で考えて論述していくことはとても得意のようです。またこのようにじっくりと取り組んで得られた知識は、長期記憶としてしっかりと残るようです。山田さんはこのような自分に合った学習スタイルを発見して、大学の成績も大変優れた結果を残しています。

また、グループでの作業は苦手ですが、個人でできるプレゼンテーションはとても得意です。現在山田さんは、発達症の当事者として、60分から90分ほどの講演を何度も行っています。私も何度か拝聴する機会がありましたが、伝えられたいことが明確に伝わってきて、とても感銘を受けました。このようなプレゼンテーションの力は、大学生活を通して徐々に培われていたものだということが、本書を読むとわかります。

「書く」力も突出したものがあります。山田さんは文章を書く速度が、一般の人（私も含めて）に比べてとても速いと思います。この本の第一稿もあっという間に書き上げていました。また小説スタイルや論文スタイルなど、文体を書き分けられ、高いクオリティを保つこともできます。今後は特にこの能力が活かせる場が広がっていくのではないかと思います。

山田さんは、コミュニケーションは苦手ですが、本文中ではできるだけ他者とかかわろうとしています。大学のサークルのＥＳＳ（英語研究会）の場面では、あだ名で呼ばれるメンバーたちとの交流がユーモラスに描かれていますし、留学中には、年配の夫婦や他の学生たちとの心のふれあいが書かれています。彼のまじめさや、目標に向かってしっかりと進んでいく意志の強さが、周りの人たちから好ましく感じられていたのではないかと思います。最終的に山田さんは、「自分が多くの友人を作れるほど器用な人間でない」ことを理解し、自分が持つ困難さを受け入れ、その上でしっかりと目的に向かって進んでいこうとしています。このように等身大の自分を受け入れ、なおかつそこから前進していこうとする力こそ、山田さんの本当の「強み」なのではないかと思います。

著者

山田隆一（やまだ　りゅういち）

1993年、長崎県南松浦郡上五島町（現在の新上五島町）生まれ、長崎市育ち。長崎大学経済学部卒業。幼い頃から学校に馴染めず、小学5年生の時に自閉スペクトラム症の診断を受ける。大学在学中に、約1年間のイタリアへの交換留学を経験。2017年2月には、長崎大学にて「凸凹大学生活から考える自閉スペクトラム症」の題で講演を行う。現在は、児童発達支援や放課後等デイサービスを実施する長崎市のNPO法人なごみの杜にて非常勤職員として勤務する傍ら、自らと同じく生きづらさを抱える当事者に対する理解を目的とした啓発活動に努めている。

協力

今村　明（いまむら　あきら）

長崎大学病院地域連携児童思春期精神医学診療部教授。福岡県大牟田市出身。1992年長崎大学医学部卒業後、同大学精神神経科医局所属。2009年より長崎大学大学院精神神経学准教授。2016年より現職。長崎大学病院以外に、長崎家庭裁判所、佐世保児童相談所等に勤務。現在、外来診療のほとんどが、児童思春期から成人期の発達症（発達障害）児・者を対象としている。著書に『おとなの発達症のための医療系支援のヒント』（星和書店）がある。

僕は発達凸凹の大学生
―「発達障害」を超えて―

2019年8月5日　初版第1刷発行

著　者　山田隆一
発行者　石澤雄司
発行所　株式会社 星和書店
〒168-0074　東京都杉並区上高井戸1-2-5
電話　03（3329）0031（営業部）／03（3329）0033（編集部）
FAX　03（5374）7186（営業部）／03（5374）7185（編集部）
http://www.seiwa-pb.co.jp
印刷・製本　中央精版印刷株式会社

　ISBN978-4-7911-1026-1